語言鳥 Parrot
語言是通往世界的橋梁

語言鳥
Parrot
語言是通往世界的橋梁

난 한국어 단어짱이다

我是韓語

單字王

王愛寶　企編

ma seu teo 마스터

ga eul 가을

ba da 바다

ma jung 마중

gat da 같다

gang a ji 강아지

ma reu da 마르다

單字學習就是王道

不論是
韓語初學者或者
已經有一定基礎的人
都適合用來
「增進實力」

想要增強韓語能力？不只是單字，
還有活用此單字的例句示範！

前言

想要增強韓語能力?
認識更多的單字就是王道!
外語能力想要增強，就要認識更多的單字。
韓語也是一樣。
不論是韓語初學者或者已經有一定基礎的人都適合這本單字集
依照韓文字典的編排方式，
按照韓文順序一一列出常用的單字。
每個單字舉出一個實用的例句，
幫助讀者瞭解如何使用這個單字。
增強韓語單字能力的同時，
相信有趣又生活化的句子能夠讓您在輕鬆愉快的閱讀中，
韓文實力大提升。

韓國文字的結構

韓文為表音文字，分為子音和母音，韓文字就是由子音和母音所組合而成。基本母音和子音各為10個字和14個字，總共24個字。基本母音和子音在經過組合之後，形成16個複合母音和子音，提高其整體組織性，這就是「韓語40音」。

每個韓文字代表一個音節，每音節最多有四個音素，而每字的結構最多由五個字母來組成，其組合方式有以下幾種：

1. 子音加母音，例如：나（我）
2. 子音加母音加子音，例如：방（房間）
3. 子音加複合母音，例如：귀（耳）
4. 子音加複合母音加子音，例如：광（光）
5. 一個子音加母音加兩個子音，例如：값（價錢）

韓語40音發音對照表

一、基本母音（10個）

	ㅏ	ㅑ	ㅓ	ㅕ	ㅗ	ㅛ	ㅜ	ㅠ	ㅡ	ㅣ
名稱	아	야	어	여	오	요	우	유	으	이
拼音發音	a	ya	eo	yeo	o	yo	u	yu	eu	i
注音發音	ㄚ	ㄧㄚ	ㄛ	ㄧㄛ	ㄡ	ㄧㄡ	ㄨ	ㄧㄨ	(ㄜ)	ㄧ

說　明

- 韓語母音「ㅡ」的發音和「ㄜ」發音有差異，但嘴型要拉開，牙齒快要咬住的狀態，才發得準。
- 韓語母音「ㅓ」的嘴型比「ㅗ」還要大，整個嘴巴要張開成「大O」的形狀，「ㅗ」的嘴型則較小，整個嘴巴縮小到只有「小o」的嘴型，類似注音「ㄡ」。
- 韓語母音「ㅕ」的嘴型比「ㅛ」還要大，整個嘴巴要張開成「大O」的形狀，類似注音「ㄧㄛ」，「ㅛ」的嘴型則較小，整個嘴巴縮小到只有「小o」的嘴型，類似注音「ㄧㄡ」。

MP3 003

二、基本子音（10個）

	ㄱ	ㄴ	ㄷ	ㄹ	ㅁ	ㅂ	ㅅ	ㅇ	ㅈ	ㅊ
名稱	기역	니은	디귿	리을	미음	비읍	시옷	이응	지읒	치읓
拼音發音	k/g	n	t/d	r/l	m	p/b	s	ng	j	ch
注音發音	ㄎ	ㄋ	ㄊ	ㄌ	ㄇ	ㄆ	ㄙ,(ㄒ)	不發音	ㄗ	ㄘ

說　明

- 韓語子音「ㅅ」有時讀作「ㄙ」的音，有時則讀作「ㄒ」的音，「ㄒ」音是跟母音「ㅣ」搭在一塊時才會出現。
- 韓語子音「ㅇ」放在前面或上面不發音；放在下面則讀作「ng」的音，像是用鼻音發「嗯」的音。
- 韓語子音「ㅈ」的發音和注音「ㄗ」類似，但是發音的時候更輕，氣更弱一些。

三、基本子音（氣音4個）

	ㅋ	ㅌ	ㅍ	ㅎ
名　稱	키읔	티읕	피읖	히읗
拼音發音	k	t	p	h
注音發音	ㄎ	ㄊ	ㄆ	ㄏ

說　明

- 韓語子音「ㅋ」比「ㄱ」的較重，有用到喉頭的音，音調類似國語的四聲。
  ㅋ＝ㄱ＋ㅎ
- 韓語子音「ㅌ」比「ㄷ」的較重，有用到喉頭的音，音調類似國語的四聲。
  ㅌ＝ㄷ＋ㅎ
- 韓語子音「ㅍ」比「ㅂ」的較重，有用到喉頭的音，音調類似國語的四聲。
  ㅍ＝ㅂ＋ㅎ

MP3
005

四、複合母音（11個）

	ㅐ	ㅒ	ㅔ	ㅖ	ㅘ	ㅙ	ㅚ	ㅞ	ㅝ	ㅟ	ㅢ
名稱	애	얘	에	예	와	왜	외	웨	워	위	의
拼音發音	ae	yae	e	ye	wa	w ae	oe	we	wo	wi	ui
注音發音	ㄝ	ㄧㄝ	ㄟ	ㄧㄟ	ㄨㄚ	ㄨㄝ	ㄨㄟ	ㄨㄟ	ㄨㄛ	ㄨㄧ	ㄜㄧ

說　明

- 韓語母音「ㅐ」比「ㅔ」的嘴型大，舌頭的位置比較下面，發音類似「ae」；「ㅔ」的嘴型較小，舌頭的位置在中間，發音類似「e」。不過一般韓國人讀這兩個發音都很像。
- 韓語母音「ㅒ」比「ㅖ」的嘴型大，舌頭的位置比較下面，發音類似「yae」；「ㅖ」的嘴型較小，舌頭的位置在中間，發音類似「ye」。不過很多韓國人讀這兩個發音都很像。
- 韓語母音「ㅚ」和「ㅞ」比「ㅙ」的嘴型小些，「ㅙ」的嘴型是圓的；「ㅚ」、「ㅞ」則是一樣的發音，不過很多韓國人讀這三個發音都很像，都是發類似「we」的音。

五、複合子音（5個）

	ㄲ	ㄸ	ㅃ	ㅆ	ㅉ
名　稱	쌍기역	쌍디귿	쌍비읍	쌍시옷	쌍지읒
拼音發音	kk	tt	pp	ss	jj
注音發音	ㄍ	ㄉ	ㄅ	ㄙ	ㄗ

說　明

- 韓語子音「ㅆ」比「ㅅ」用喉嚨發重音，音調類似國語的四聲。
- 韓語子音「ㅉ」比「ㅈ」用喉嚨發重音，音調類似國語的四聲。

MP3 007

六、韓語發音練習

	ㅏ	ㅑ	ㅓ	ㅕ	ㅗ	ㅛ	ㅜ	ㅠ	ㅡ	ㅣ
ㄱ	가	갸	거	겨	고	교	구	규	그	기
ㄴ	나	냐	너	녀	노	뇨	누	뉴	느	니
ㄷ	다	댜	더	뎌	도	됴	두	듀	드	디
ㄹ	라	랴	러	려	로	료	루	류	르	리
ㅁ	마	먀	머	며	모	묘	무	뮤	므	미
ㅂ	바	뱌	버	벼	보	뵤	부	뷰	브	비
ㅅ	사	샤	서	셔	소	쇼	수	슈	스	시
ㅇ	아	야	어	여	오	요	우	유	으	이
ㅈ	자	쟈	저	져	조	죠	주	쥬	즈	지
ㅊ	차	챠	처	쳐	초	쵸	추	츄	츠	치
ㅋ	카	캬	커	켜	코	쿄	쿠	큐	크	키
ㅌ	타	탸	터	텨	토	툐	투	튜	트	티
ㅍ	파	퍄	퍼	펴	포	표	푸	퓨	프	피
ㅎ	하	햐	허	혀	호	효	후	휴	흐	히
ㄲ	까	꺄	꺼	껴	꼬	꾜	꾸	뀨	끄	끼
ㄸ	따	땨	떠	뗘	또	뚀	뚜	뜌	뜨	띠
ㅃ	빠	뺘	뻐	뼈	뽀	뾰	뿌	쀼	쁘	삐
ㅆ	싸	쌰	써	쎠	쏘	쑈	쑤	쓔	쓰	씨
ㅉ	짜	쨔	쩌	쪄	쪼	쬬	쭈	쮸	쯔	찌

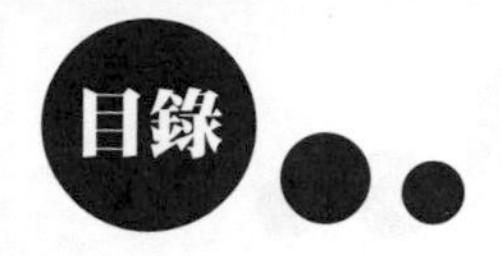
目錄

가 ga 表示主語的助詞 助詞

내가 할게요.

nae ga hal ge yo

我來做。

가게 ga ge 商家，店家 名詞

여기 옷 가게가 아주 많아요.

yeo gi ot ga ge ga a ju ma na yo

這邊服飾店很多。

가격 ga gyeok 價格 名詞

가격이 올랐어요.

ga gyeo gi ol la seo yo

價格上漲了。

가계 ga gye 家世，家計 名詞

그는 가계가 풍족하다.

geu neun ga gye ga pung jo ka da

他的家境富裕。

ㄱ

가곡 ga gok 歌曲 名詞

제가 독일 가곡을 불렀어요.

je ga do gil ga go geul bul leo seo yo

我唱了德國歌曲。

가공 ga gong 加工 名詞

가공식품은 너무 많이 먹지 마세요.

ga gong sik pu meun neo mu ma ni meok ji ma se yo

請不要吃太多加工食品。

가구 ga gu 傢俱 名詞

거기 가구가 멋있어.

geo gi ga gu ga meo si seo

那邊的傢俱很棒。

가까이 ga kka i 靠近地 副詞

가까이 오지 마세요.

ga kka i o ji ma se yo

不要靠近我。

가깝다 ga kkap da

接近的，親密的，身邊的 形容詞

학교가 우리 집에서 가까워요.

hak gyo ga u ri ji be seo ga kka woe yo

學校離我家很近。

가꾸다 ga kku da 栽種，打扮 動詞

취미로 마당에 장미를 가꿔요.

chwi mi ro ma dang e jang mi reul ga kkwo yo

因為興趣而在花園裡栽種玫瑰。

가끔 ga kkeum

有時候，偶爾，時常 副詞

가끔 야외 활동을 해요.

ga kkeum ya oe hwal dong eul hae yo

有時候會進行戶外活動。

가난하다 ga nan ha da

貧窮的 形容詞

그는 어렸을 때 가난했어요.

geu neun eo ryeo seul ttae ga nan hae seo yo

他小時候很窮。

가늘다 ga neul da

細的，微弱的 形容詞

그녀는 가는 목소리로 얘기했어요.

geu nyeo neun ga neun mok so ri ro yae gi hae seo yo

她用很細的聲音說話。

가능하다 ga neung ha da

可能，可以，可行的 形容詞

가능하다면 내일까지 해주세요.

ga neung ha da myeon nae il kka ji hae ju se yo

如果可以的話，請在明天以前完成。

가다 ga da 去，走，前往 動詞

회사에 간다.

hoe sa e gan da

我去公司囉。

같이 가요.

ga chi ga yo

一起去。

가닥 ga dak 股，線，絲 名詞

한 가닥의 희망이 보여요.

han ga da gui hui mang i bo yeo yo

看到了一絲希望。

가두다 ga du da 關，囚，憋 動詞

개를 철창에 가두었다.

gae reul cheol chang e ga du eot da

把狗關在鐵籠裡。

가득하다 ga deu ka da
充滿 形容詞

금고에 금 덩어리가 가득해요.
geum go e geum deong eo ri ga ga deu kae yo
金庫裡充滿了金條。

가래 ga rae 條，痰，鍬 名詞
길바닥에 가래를 뱉지 마세요.
gil ba dage ga rae reul baet ji ma se yo
不要隨地吐痰。

가렵다 ga ryeop da
癢，癢癢，刺癢 形容詞

벌레 물린 데가 가려워요.
beol le mul lin de ga ga ryeo woe yo
被蟲子咬的地方會癢。

가로 ga ro 橫，街，街道 名詞
가로로 줄 서세요.
ga ro ro jul seo se yo
排隊請排橫的。

가로등 ga ro deung

路燈，街燈 名詞

가로등 아래에 서 있어요.

ga ro deung a rae e seo i seo yo

站在街燈下面。

가루 ga ru 粉末，麵粉 名詞

가루가 날려요.

ga ru ga nal lyeo yo

粉末飛了起來。

가르치다 ga reu chi da

教導，指教 動詞

한국어를 가르쳐요.

han gu geo reul ga reu chyeo yo

我教韓語。

가르다 ga reu da

剖開，割開，分 動詞

그가 두 사람 사이를 갈라 놓았어요.

geu ga du sa ram sa i reul gal la no a seo yo

他妨礙這兩人的關係。

ㄱ

가리다 ga ri da

隱，擋，遮；分辨，分別，區分；還帳，算帳，對賬 動詞

모자로 얼굴을 가렸어요.
mo ja ro eol gu reul ga ryeo seo yo
用帽子遮住臉。

그는 밤낮을 가리지 않고 공부했어요.
geu neun bam na jeul ga ri ji an ko gong bu hae seo yo
他不分晝夜地讀書。

가리키다 ga ri ki da

指，指出，指著 動詞

손가락으로 가리켜요.
son ga ra geu ro ga ri kyeo yo
用手指指著。

가만히 ga man hi

默默地，呆呆地，静静地 副詞

고양이가 가만히 앉아 있어요.
go yang i ga ga man hi an ja i seo yo
貓靜靜地坐著。

가면 ga myeon

面具，假面，假面具　名詞

가장 무도회에는 가면을 쓰고 가요.

ga jang mu do hoe e neun ga myeo neul sseu go ga yo

大家都戴著面具去參加化裝舞會。

가명 ga myeong 假名，化名　名詞

외국에서 가명을 사용하다.

oe gu ge seo ga myeong eul sa yong ha da

在國外用假名。

가문 ga mun 家門，家族　名詞

가문의 명예를 높였어요.

ga mu nui myeong ye reul lop yeo seo yo

光宗耀祖了。

가뭄 ga mum 乾旱　名詞

가뭄에 콩 나듯 가끔 나타나요.

ga mu me kong na deut ga kkeum na ta na yo

幾乎是不會出現。(機率像旱災時長出豆芽一樣)

ㄱ

가발 ga bal 假髮 名詞

가발을 쓰고 있어요.

ga ba reul sseu go i seo yo

有戴假髮。

가방 ga bang 包包 名詞

쇼핑 가서 가방을 샀어요.

syo ping ga seo ga bang eul sa seo yo

我去逛街買了包包。

가볍다 ga byeop da

輕，輕省，輕鬆 形容詞

짐이 가벼워요.

jim i ga byeo woe yo

行李很輕。

가사 ga sa 歌詞；家事 名詞

가사(歌詞)가 좋아요.

ga sa ga jo a yo

歌詞很好。

가사(家事;집안일)를 돌보아요.

ga sa ji ba nil leul dol bo a yo

照料家事。

가수 ga su 歌手，歌星 名詞

나는 가수다.

na neun ga su da

我是歌星。

가스레인지 ga seu re in ji

瓦斯爐 名詞

가스레인지는 쓰고 나서 꼭 잠그세요.

ga seu re in ji neun sseu go na seo kkok jam geu se yo

瓦斯爐用完請一定要關好。

가슴 ga seum

胸部，心臟，心胸 名詞

가슴을 펴고 앉으세요.

ga seu meul pyeo go an jeu se yo

挺胸坐好。

가습기 ga seup gi 加濕器 名詞

건조하면 가습기를 켜고 자요.

geon jo ha myeon ga seup gi reul kyeo go ja yo

如果很乾燥可以開著加濕器睡覺。

가시 ga si 刺，荊棘 名詞

장미는 가시가 있어요.

jang mi neun ga si ga i seo yo

玫瑰花有刺。

가운데 ga un de

中，間，中間 名詞

길 가운데 차가 멈춰있어요.

gil ga un de cha ga meom chwo i seo yo

路中間有車停著。

가위 ga wi 剪刀 名詞

색종이를 가위로 자르세요.

saek jong i reul ga wi ro ja reu se yo

請用剪刀剪色紙。

가을 ga eul 秋天 名詞

가을은 독서의 계절이다.

ga eu reun dok seo ui gye jeo ri da

秋天是閱讀的季節。

MP3 014

가입하다 ga i pa da

加入，參加 動詞

팬 클럽에 가입했어요.

paen keul leo be ga i pae seo yo

參加了歌迷俱樂部。

가장 ga jang 最 副詞

에베레스트 산이 가장 높아요.

e be re seu teu sa ni ga jang no pa yo

埃佛勒斯峰(聖母峰)最高。

가전제품 ga jeon je pum

家電製品 名詞

신혼 살림으로 가전제품을 마련해요.

sin hon sal li meu ro ga jeon je pu meul ma ryeon hae yo

為了新婚生活我準備家電用品。

가정 ga jeong

家庭；假定，假設 名詞

행복한 가정에서 자랐어요.

haeng bok han ga jeong e seo ja ra seo yo

我從小生長在幸福的家庭。

가져가다 ga jyeo ga da

帶走，拿走，帶去 動詞

주문한 음식을 어서 가져가세요.

ju mun han eum si geul eo seo ga jyeo ga se yo

請趕快拿走您點的餐。

가져오다 ga jyeo o da

來過來，帶來 動詞

여기에 의자를 더 가져오세요.

yeo gi e ui ja reul deo ga jyeo o se yo

請再多拿椅子過來這邊。

가족 ga jok 家族，家屬，家眷 名詞

우리 가족은 함께 여름 휴가를 다녀왔어요.

u ri ga jo geun ham kke yeo reum hyu ga reul da nyeo wa seo yo

我們全家一起去度暑假回來了。

가죽 ga juk 皮，皮革 名詞

가죽 장갑이 따뜻해요.

ga juk jang ga bi tta tteut tae yo

皮革手套很溫暖。

가지 ga ji 樹枝，枝子，分支 名詞

가지 많은 나무에 바람 잘 날이 없다.
ga ji ma neun na mu e ba ram jal la ri eop da
孩子越多越沒有安靜的日子。(字義：枝子多的樹木沒有安靜不吹風的日子。)

종류가 여러 가지 있어요.
jong nyu ga yeo reo ga ji i seo yo
有各式各樣的種類。

가지다 ga ji da
有，具有，擁有 動詞

자동차를 한 대 가지고 있어요.
ja dong cha reul han dae ga ji go i seo yo
我有一輛汽車。

가창력 ga chang nyeok
歌唱力，歌唱實力 名詞

가수는 가창력이 뛰어나야 인정받아요.
ga su neun ga chang nyeo gi ttwi eo na ya in jeong ba da yo
歌手的唱歌實力要出眾才能得到認定。

가출 ga chul 離家出走，出走 名詞

청소년 가출문제가 크네요.

cheong so nyeon ga chul mun je ga keu ne yo

青少年的離家出走是個大問題。

가치 ga chi 價值；假齒 名詞

상품 가치가 높아요.

sang pum ga chi ga no pa yo

商品價值很高。

각각 gak gak

各各，各自； 時刻，時時刻刻 名詞

각각의 의견을 말해 보세요.

gak ga gui ui gyeo neul mal hae bo se yo

請說說你們各自的意見。

갇히다 ga chi da

被關，被囚禁 動詞

두 사람은 승강기에 갇히고 말았어요.

du sa ra meun seung gang gi e ga chi go mal ra seo yo

有兩個人被困在電梯裡。

갈리다 gal li da 分，分開，換 動詞

길이 양쪽으로 갈려있어요.

gi ri yang jjo geu ro gal lyeo i seo yo

路分岔成兩條。

벼루에 먹이 잘 갈려요.

byeo ru e meo gi jal gal lyeo yo

硯臺上很容易磨出墨。

감각 gam gak 感，感覺 名詞

그는 패션 감각이 뛰어나요.

geu neun pae syeon gam ga gi ttwi eo na yo

他對流行的感覺很傑出。

감기 gam gi 感冒，傷風，受涼 名詞

감기 걸렸어요.

gam gi geol lyeo seo yo

我感冒了。

감기다 gam gi da

纏，閉；洗 動詞

줄이 발에 감겨서 넘어졌어요.

Ju ri ba re gam gyeo seo neo meo jyeo seo yo

繩子纏住腳絆倒了。

밤을 샜더니 눈이 저절로 감겨요.

ba meul saet deo ni nu ni jeo jeol lo gam gyeo yo

熬夜時眼睛不自覺地閉上。

머리를 좀 감겨 주세요.

meo ri reul jom gam gyeo ju se yo

我要洗頭。

감다 gam da 纏，盤，閉 動詞

다친 팔에 붕대를 감았어요.

da chin pa re bung dae reul ga ma seo yo

受傷的手臂用繃帶纏住。

할아버지께서 평온하게 눈을 감으셨어요.

ha ra beo ji kke seo pyeong on ha ge nu neul ga meu syeo seo yo

爺爺平穩地闔上雙眼(指去世)。

감동하다 gam dong ha da
感動，激動 動詞

그 말에 감동해서 가슴이 터질 것 같았어요.
geu ma re gam dong hae seo ga seu mi teo jil geot ga ta seo yo
那些話讓我感動到心臟像要爆裂一樣。

감사하다 gam sa ha da
監事，謝，感謝 動詞

도와 준 것 감사해요.
do wa jun geot gam sa hae yo
謝謝你的幫忙。

감추다 gam chu da 掩藏，藏 動詞

일기장을 서랍 안에 감추었어요.
il gi jang eul seo rap ba ne gam chu eo seo yo
日記藏在抽屜裡。

ㄱ

갑자기 gap ja gi
突然，忽然，不時　副詞

그는 갑자기 태도가 달라졌어요.

geu neun gap ja gi tae do ga dal la jyeo seo yo

他的態度突然轉變。

값 gap　價錢，價，價值　名詞
이 도자기는 값을 매길 수 없이 비싸요.

i do ja gi neun gap seul mae gil su eop si bi ssa yo

這件陶瓷作品價格是無法計算的昂貴。

강아지 gang a ji
小狗，狗崽子　名詞

강아지를 키우고 있어요.

gang a ji reul ki u go i seo yo

我有養小狗。

같다 gat da　相同，一樣　形容詞
이 친구는 고향이 저와 같아요.

i chin gu neun go hyang i jeo wa ga ta yo

這位朋友的故鄉和我一樣。

갚다 gap da 還，償付，償還 動詞

그는 빚을 다 갚았어요.
geu neun bi jeul da ga pa seo yo
他債都還清了。

개 gae 狗， 犬 名詞

공원에 산책하는 주인과 개가 보여요.
gong wo ne san chae ka neun ju in gwa gae ga bo yeo yo
在公園可以看到在散步的主人和狗。

개다 gae da

晴，轉晴，和；疊，折 動詞

비가 그치고 하늘이 맑게 개었어요.
bi ga geu chi go ha neu ri mak ge gae eo seo yo
雨停了，天空變得清晰轉晴。

이부자리를 개고 방을 청소했어요.
i bu ja ri reul gae go bang eul cheong so hae seo yo
把被子折疊好打掃了房間。

ㄱ

개나리 gae na ri 迎春花 名詞

노란 개나리가 피면 봄이 온 것 같아요.

no ran gae na ri ga pi myeon bo mi on geot ga ta yo

黃色的迎春花開了，春天似乎來了。

개념 gae nyeom 概念 名詞

일정한 용돈을 주면 아이들이 돈에 대한 개념이 생겨요.

il jeong han yong do neul ju myeon a i deul ri don e dae han gae nyeo mi saeng gyeo yo

如果給一定的零用錢，小孩子們會對錢產生概念。

개성 gae seong 個性 名詞

파리 사람들의 옷차림을 보면 개성이 강해 보여요.

pa ri sa ram deu rui ot cha ri meul bo myeon gae seong i gang hae bo yeo yo

看巴黎人們的衣著，可以看到強烈的個性風格。

개수 gae su 個，個數，件數 名詞

준비한 선물 개수를 다 세었어요.
jun bi han seon mul gae su reul da seeo seo yo
準備的禮物有多少個已經算好了。

거금 geo geum

巨款，重金；距今 名詞

거금을 들여 건물을 지었어요.
geo geu meul deul ryeo geon mu reul ji eo seo yo
動用巨資蓋了這棟建築。

거대하다 geo dae ha da

巨大，宏大，浩大 形容詞

동물원에 몸집이 거대한 곰이 있어요.
dong mu rwo ne mom ji bi geo dae han go mi i seo yo
動物園裡有體格巨大的熊。

ㄱ

거두다 geo du da

收拾，收穫，收割 動詞

부지런한 농부는 가을에 곡식을 거두어 들여요.

bu ji reon han nong bu neun ga eu re gok si geul geo du eo deu ryeo yo

勤勞的農夫在秋天收割穀物。

거래 geo rae

交易，做買賣，來往 名詞

명절이라 시장은 거래가 활발해요.

myeong jeol ri ra si jang eun geo rae ga hwal bal hae yo

要過節了，市場的買賣蓬勃了起來。

거리 geo ri 街道，距離 名詞

도착 할 곳은 거리가 멀어요.

do chak hal go seun geo ri ga meo reo yo

要去的地方距離很遠。

거목 geo mok

巨木，棟樑，偉大的人 名詞

그가 거목으로 자라서 자랑스러워요.

geu ga geo mo geu ro ja ra seo ja rang seu reo woe yo

他長大成為了偉大的人，我引以為傲。

거스름돈 geo seu reum don

找錢，剩錢，零錢 名詞

거스름돈을 내주세요.

geo seu reum do neul lae ju se yo

請找錢給我。

거스름돈을 가지세요.

geo seu reum do neul ga ji se yo

不用找零了。

거울 geo wool 鏡子 名詞

거울을 보며 화장을 해요.

geo u reul bo myeo hwa jang eul hae yo

看著鏡子化妝。

ㄱ

거의 geo ui 幾乎 副詞

일이 거의 끝나가요.

i ri geo ui kkeut na ga yo

事情幾乎都做完了。

거절하다 geo jeol ha da

拒絕，推卻，謝絕 動詞

친구는 함께 가기를 거절했어요.

chin gu neun ham kke ga gi reul geo jeol hae seo yo

朋友拒絕一起去。

걱정하다 geok jeong ha da

煩惱，顧慮 動詞

어머니는 자식 걱정하느라 밤을 새웠어요.

eo meo ni neun ja sik geok jeong ha neu ra ba meul sae wo seo yo

媽媽擔心子女到睡不著。

건강 geon gang 健康，茁壯 名詞

평소에 건강을 돌보아야 해요.
pyeong so e geon gang eul dol bo a ya hae yo
平常就應該多注意健康。

건물 geon mul

房屋，建築，建築物 名詞

사무실은 이 건물 5층에 있어요.
sa mu si reun i geon mul o cheung e i seo yo
辦公室在這棟建築的5樓。

걷다 geot da

行，走，走路；捲起，堆起來，疊起來

動詞

저녁에 공원 주위를 걸었어요.

jeo nyeo ge gong won ju wi reul geo reo seo yo

傍晚時我到公園附近走了一走。

바지를 걷어 올리고 바닷물에 발을 담갔어요.

ba ji reul geo deo ol li go ba dat mu re ba reul dam ga seo yo

把褲子捲起來，讓腳浸在海水中。

것 geot …的，東西 名詞

외국에 나가니 입맛에 맞는 것이 없었어요.

oe gu ge na ga ni ip ma se mat neun geo si eop seo seo yo

我出國，合胃口的東西都沒有。

겨울 gyeo wool 冬天 名詞

겨울에 스키 타러 가요.

gyeo u re seu ki ta reo ga yo

冬天時去滑雪。

결국 gyeol guk
終歸，結果，總歸 名詞

선은 결국 악을 이긴다.
seo neun gyeol guk a geul i gin da
善最後戰勝了惡。

일곱 번의 시험을 보고는 결국 붙었어요.
il gop beonui si heo meul bo go neun gyeol guk bu teo seo yo
考了七次，結果考上了。

결론 gyeol lon 結論，決定 名詞

한 시간 동안 의논 후 결론을 내렸어요.
han si gan dong an ui non hu gyeol lo neul lae ryeo seo yo
經過一個小時的討論，下了一個結論。

결정하다 gyeol jeong ha da
定，決定 動詞

버스 회사는 파업을 결정했어요.
beo seu hoe sa neun pa eo beul gyeol jeong hae seo yo
公車公司決定罷工。

결혼 gyeol hon 結婚 名詞

결혼을 축하해요.

gyeol ho neul chuk ha hae yo

恭喜你結婚。

겸손하다 gyeom son ha da

謙虛，客氣，謙遜 形容詞

사람은 성숙할수록 겸손해져요.

sa ra meun seong suk hal su rok gyeom son hae jyeo yo

人越成熟越謙虛。

경우 gyeong u

是非，事理，道理，場合，狀況 名詞

경우에 어긋나는 행동은 하지 말아요.

gyeong u e eo geut na neun haeng dong eun ha ji ma ra yo

不要做出不合道理的行為。

고객 go gaek 顧客 名詞

백화점에는 주말에 고객이 많이 와요.
bae kwa jeo me neun ju ma re go gae gi ma ni wa yo
週末時百貨公司來了很多顧客。

고기 go gi 肉 名詞

고기가 연하고 맛있어요.
go gi ga yeon ha go ma si seo yo
肉鮮嫩，味道鮮美。

고구마 go gu ma 番薯，地瓜 名詞

고구마는 맛있고 다이어트에도 좋아요.
go gu ma neun ma sit go da i eo teu e do jo a yo
番薯既好吃對減肥也有幫助。

고르다 go reu da

選，挑，選擇；均勻，平均 動詞；形容詞

골라 보세요.
gol la bo se yo
請選擇。

고맙다 go map da

謝謝，感謝，感激 形容詞

잘 대접해 주셔서 고맙습니다.

jal dae jeop pae ju syeo seo go map seum ni da

謝謝你招待我。

고백 go baek

坦白，告白，表白 名詞

꼬마는 빵을 훔쳐갔다고 솔직히 고백했어요.

kko ma neun ppang eul hum chyeo gat da go sol jik hi go baek hae seo yo

孩子坦白地承認他偷了麵包。

고향 go hyang 故鄉 名詞

명절에는 모두 고향으로 내려가요.

myeong jeo re neun mo du go hyang eu ro nae ryeo ga yo

過節時大家都下鄉。

곳 got 地方，處 名詞

나는 그곳을 잘 알아요.

na neun geu go seul jal a ra yo

我很了解那個地方。

공부하다 gong bu ha da

學習，讀書 動詞

한국어를 열심히 공부했어요.

han gu geo reul ryeol shim hi gong bu hae seo yo

我很努力地讀了韓文。

과 gwa

和(前一個字是子音結尾) 助詞

아이들과 함께 오세요.

a i deul gwa ham kke o se yo

請和孩子們一起來。

과일 gwa il 水果，果實 名詞

제철에 나는 과일이 보약이에요.

je cheore na neun gwa iri bo yagi e yo

當季的水果是補藥。(對身體很好)

ㄱ

과학 gwa hak 科學 名詞

과학의 발전으로 초고속열차도 탈수 있어요.

gwa ha gui bal jeo neu ro cho go sok gyeol cha do tal su i seo yo

隨著科技的發展，現在有超高速列車可以搭。

관계 gwan gye 關係，關連 名詞

그는 동생과 관계가 좋지 않아요.

geu neun dong saeng gwa gwan gye ga jo chi a na yo

他和弟(妹)的關係不好。

관광 gwan gwang

旅遊，觀光，遊覽 名詞

휴가 때 해외 관광을 하고 싶어요.

hyu ga ttae hae oe gwan gwang eul ha go si peo yo

休假時我想要去海外觀光。

교복 gyo bok 校服，制服 名詞

학생들이 교복을 입고 지나가요.

hak saeng deu ri gyo bo geul rip go ji na ga yo

學生們穿著校服經過。

교수 gyo su 教授 名詞

대학 교수는 강의 준비를 열심히 해요.

dae hak gyo su neun gang ui jun bi reul ryeol shim hi hae yo

大學教授很努力準備講義。

교육 gyo yuk 教育 名詞

시골은 교육 환경이 열악해요.

si go reun gyo yuk hwan gyeong i yeol rak hae yo

鄉下的教育環境比較貧瘠。

괴롭히다 goe ro pi da

欺負，為難，刁難 動詞

무더위에 모기까지 괴롭혀요.

mu deo wi e mo gi kka ji goe ro pyeo yo

天氣酷熱又加上蚊子的欺負（叮咬）。

구름 gu reum 雲 名詞

하얀 구름이 하늘에 떠 있어요.

ha yan gu reu mi ha neu re tteo i sseo yo

天空中飄著白雲。

구매 gu mae 購買 名詞

시장에서 싼 값으로 물건을 구매했어요.

si jang e seo ssan gap seu ro mul geo neul gu mae hae sseo yo

在市場以很便宜的價錢買到了東西。

구멍 gu meong

漏洞，坑，孔口 名詞

구멍 난 양말은 버려요.

gu meong nan yang ma reun beo ryeo yo

把有破洞的襪子丟掉。

구명조끼 gu myeong jo kki

救生衣 名詞

배를 탈 때는 구명조끼를 꼭 입으세요.

bae reul tal ttae neun gu myeong jo kki reul kkok i beu se yo

搭船時請一定要穿上救生衣。

국물 guk mul 湯 名詞

추울 땐 국물을 마시고 싶어요.

chu wool ttaen guk mu reul ma si go si peo yo

冷的時候就想喝湯。

국민 gung min 國民 名詞

국민의 세금을 잘 사용해야 해요.

gung min ui se geu meul jal sa yong hae ya hae yo

國民的稅金應該要好好使用。

국수 guk su 麵，麵條；國手 名詞

언제 국수 먹게 해 줄 거예요?

eon je guk su meok ge hae jul geo ye yo

什麼時候結婚啊?(字義：什麼時候請我吃麵條啊? 註：韓國人結婚時會請客人吃麵。)

군대 gun dae 軍，軍隊，軍旅 名詞

한국 남자들은 군대에 가야 해요.

han guk nam ja deu reun gun dae e ga ya hae yo

韓國男生必須要當兵。

굶다 gum da 餓，飢餓，不吃 動詞

아침을 굶었더니 배가 벌써 고파요.

a chi meul gum meot deo ni bae ga beol sseo go pa yo

沒吃早餐，所以現在就餓了。

귀엽다 gwi yeop da

可愛，討人喜歡 形容詞

막내 동생이 참 귀여워요.

mang nae dong saeng i cham gwi yeo woe yo

最小的弟(妹)真是可愛。

귤 gyul 橘，橘子，桔子 名詞

귤 몇 개를 따먹었어요.

gyul myeot gae reul dda meo geo seo yo

摘了幾顆橘子吃。

그냥 geu nyang

一直，照樣，仍然 副詞

거기 그냥 놔두세요.

geo gi geu nyang nwa du se yo

放在那邊就好。

그때 geu ttae

那時，那時候，那兒　名詞

그때 도와줘서 고마웠어요.
geu ttae do wa jwo seo go ma wo seo yo
真是謝謝你那時候的幫忙。

그래서 geu rae seo

所以，因此，因而　副詞

날씨가 너무 더웠어요.
그래서 그는 시원한 아이스크림을 먹었어요.
nal ssi ga neo mu deo wo seo yo
geu rae seo geu neun si won han a i seu keu ri meul meo geo seo yo
天氣太熱了。所以他就吃了涼爽的霜淇淋。

그러나 geu reo na

可是，但是，不過　副詞

그는 쇼핑을 갔어요.
그러나 아무것도 사지 않았어요.
geu neun syo ping eul ga seo yo
geu reo na a mu geot do sa ji a na seo yo
他去逛街了。但是什麼都沒有買。

ㄱ

그러면 geu reo myeon

那，那就，那麼 副詞

진실을 말하세요.

그러면 통할 거예요.

jin si reul mal ha se yo

geu reo myeon tong hal geo ye yo

請說出真心話。這樣才能相通。

그런데 geu reon de (=근데geun de)

可是，不過，但是 副詞

예. 그런데 어떻게 오셨어요?

ye geu reon de eo tteo ke o syeo seo yo

是。不過您怎麼來了?

근거 geun geo

根據，依據，憑據 名詞

무슨 근거로 그런 말을 하는 거예요?

mu seun geun geo ro geu reon ma reul ha neun geo ye yo

你有什麼證據說這些話呢?

글 geul 字，文字，文 名詞

한글은 세계에서 우수한 글의 하나예요.

han geu reun se gye e seo u su han geu rui ha na ye yo

韓文字也是世界上優秀的文字之一。

기다리다 gi da ri da

等，巴，慢 動詞

줄을 서서 차례를 기다려요.

ju reul seo seo cha rye reul gi da ryeo yo

我在排隊等待。

기대 gi dae 等待，期待 名詞

잔뜩 기대를 걸고 있었어요.

jan tteuk gi dae reul geol go i seo seo yo

帶著滿心的期待。

기쁘다 gi ppeu da

喜歡，樂，喜悅 形容詞

다시 만나서 기뻐요.

da si man na seo gi ppeo yo

再次見面很高興。

기억 gi eok 記憶，腦海，心目 名詞

기억이 잘 나지 않아요.

gi eo gi jal la ji a na yo

我不太記得。

기회 gi hoe 機會 名詞

기다리던 기회를 잡았어요.

gi da ri deon gi hoe reul ja ba seo yo

抓住了等待已久的機會。

긴장 gin jang 緊張 名詞

마지막까지 긴장을 늦추면 안 돼요.

ma ji mak kka ji gin jang eul leut chu myeon an dwae yo

直到最後都不能鬆懈。

김밥 gim bap 壽司，飯捲 名詞

김밥이 먹고 싶어요.

gim ba bi meok go si peo yo

我想吃壽司。

깊다 gip da 深，深刻，深切 形容詞

이 학교의 역사는 뿌리가 깊어요.
i hak gyo ui yeok sa neun ppu ri ga gi peo yo
這間學校歷史的根很深。

까다롭다 kka da rop da

挑剔，乖僻，難伺候 形容詞

그는 입맛이 까다로워요.
geu neun ip ma si kka da ro woe yo
他嘴巴很挑。

까지 kka ji

到，及，以及(表示時間、空間、數量的限度) 助詞

일본까지 비행기를 타고 갔어요.
il bon kka ji bi haeng gi reul ta go ga seo yo
搭飛機去到了日本。

ㄱ

기타 gi ta

吉他；其他，其它，等等 名詞

기타를 참 잘 치시네요.

gi ta reul cham jal chi si ne yo

你吉他彈得真好。

깨닫다 kkae dat da

體會，領會，醒悟 動詞

이번에 소중한 것을 깨달았어요.

i beo ne so jung han geo seul kkae da ra seo yo

這次我體會到很寶貴的東西。

꺼내다 kkeo nae da

掏出，拿出，抽 動詞

동전 하나를 꺼냈어요.

dong jeon ha na reul kkeo nae seo yo

掏出一個硬幣。

꼬리 kko ri 尾，尾巴，行跡 名詞

강아지가 꼬리를 흔들어요.

gang a ji ga kko ri reul heun deu reo yo

小狗搖著尾巴。

MP3 030

꼭 kkok 一定，緊緊的，正，穩 副詞

꼭 와주세요.

kkok gwa ju se yo

請一定要來。

꼼꼼하다 kkom kkom ha da

仔細，細緻，講究 形容詞

꼼꼼하게 잘 됐네요.

kkom kkom ha ge jal dwaet ne yo

一切事情都完美地成就。

꽂다 kkot da 卡，插 動詞

책꽂이에 책을 꽂았어요.

chaek kkoji e chae geul kko ja seo yo

把書放在書架上。

꽃 kkot 花，花朵 名詞

꽃을 선물했어요.

kko cheul seon mul hae seo yo

我把花當作禮物送人。

꽤 kkwae 相當，非常 副詞

집이 여기서 꽤 멀리 있어요.

ji bi yeo gi seo kkwae meol li i seo yo

我的家離這裡相當遠。

꿈 kkum 夢，夢幻，夢想 名詞

좋은 꿈을 꾸었어요.

jo eun kku meul kku eo seo yo

我夢到好夢了。

끈기 kkeun gi

黏，粘，黏度；耐心，毅力 名詞

그는 끈기 있어요.

geu neun kkeun gi i seo yo

他很有毅力。

끝나다 kkeut na da

完，結束，下班 動詞

수업이 끝났어요

su eo bi kkeut na seo yo

下課了。

끼 kki 頓，餐；本事、本領 名詞

어제는 밥 한끼도 제대로 못 먹었어요.
eo je neun bap han kki do je dae ro mot meo geo seo
昨天連一餐的飯都無法好好吃。

그는 끼가 넘쳐요.
geu neun kki ga neom chyeo yo
他很有才能。

끼다 kki da

釘，戴，夾，掖，插，塞(總結：將兩個東西勾住或卡住，不致掉落的所有動作)；籠罩，瀰漫；附着，沾染，積存；長（苔蘚），生（銹） 動詞

그는 두 손을 깍지 끼고 있어요.
geu neun du so neul kkak ji kki go i seo yo
他雙手手指緊扣。

끼리끼리 kki ri kki ri

一幫一幫，一群一群，成群結隊 副詞

끼리끼리 모여서 이야기해요.
kki ri kki ri mo yeo seo i ya gi hae yo
大家各自聚集在說話。

ㄲ

끼어들다 kki eo deul da

插，介入，插手 動詞

버스 앞으로 차가 갑자기 끼어들었어요.

beo seu a peu ro cha ga gap ja gi kki eo deu reo seo yo

有一輛汽車突然插車到公車前面。

끼우다 kki u da 插，夾，掖 動詞

문틈에 우편물을 끼웠어요.

mun teu me u pyeon mu reul kki wo seo yo

把郵件塞進門縫裡。

끼치다 kki chi da 添，給，留 動詞

걱정을 끼쳐 죄송해요.

geok jeong eul kki chyeo joe song hae yo

對不起，讓你擔心。

낌새 kkim sae

苗頭，徵兆，徵候 名詞

아무런 낌새를 못 챘어요.

a mu reon kkim sae reul mot chae seo yo

沒有注意到任何的徵兆。

나 na

我，自己；但是，雖然，是否，或　代名詞

세계 여행은 나의 희망이에요.

se gye yeo haeng eun na ui hui mang i e yo

環遊世界是我的希望。

너나 잘 갔다 와.

neo na jal gat da wa

你自己好好地去吧。

나가다 na ga da

出去，上街，上　動詞

공항에 마중 나갔어요.

gong hang e ma jung na ga seo yo

我去機場接他。

나누다 na nu da

分，分成，劈開　動詞

과일을 나누어 주었어요.

gwa i reul la nu eo ju eo seo yo

把水果分給了大家。

나다 na da

動詞語尾，連接前後兩個動詞表達一個完成的動作。 助動詞

밥을 먹고 나니 배가 불렀어요.

ba beul meok go na ni bae ga bul leo seo yo

吃飯後肚子就飽了。

나다 na da 出，生，起 動詞

여드름이 났어요.

yeo deu reu mi na seo yo

長青春痘了。

나들이 na deu ri

外出，出去走走，出去散散心，串門，郊游；進進出出，出入 名詞

휴일에는 나들이 나온 사람들이 많아요.

hyu i re neun na deu ri na on sa ram deu ri ma na yo

很多人在假期出來散心。

나라 na ra 國，國家，邦 名詞

군인들이 나라를 지키고 있어요.
gun in deu ri na ra reul ji ki go i seo yo
軍人們正護衛著國家。

나르다 na reu da
運，輸，搬運 動詞

이삿짐을 날랐어요.
i sat ji meul lal la seo yo
搬運了搬家的行李。

나머지 na meo ji
餘，剩餘，殘餘 名詞

생활비를 쓰고 나머지는 저축해요.
saeng hwal bi reul sseu go na meo ji neun jeo chu kae yo
生活費用掉，剩下的存起來。

나무 na mu 樹，木，木頭 名詞

식목일에는 나무를 심어요.
sik mo gi re neun na mu reul si meo yo
植樹節種了樹。

나무라다 na mu ra da

責備，責怪，數落 動詞

엄마는 아이의 잘못을 나무랐어요.

eom ma neun a i ui jal mo seul la mu ra seo yo

媽媽責備孩子的錯。

나물 na mul 野菜，山菜，蔬菜 名詞

봄에는 나물을 캐서 먹었어요.

bo me neun na mu reul kae seo meo geo seo yo

在春天的時候採集蔬菜來吃。

나뭇잎 na mun nip

樹葉，葉子 名詞

가을에는 나뭇잎이 떨어져요.

ga eu re neun na mun ni pi tteo reo jyeo yo

秋天時葉子會掉落。

나방 na bang 蛾，飛蛾 名詞

불을 보고 나방이 몰려와요.

bu reul bo go na bang i mol lyeo wa yo

飛蛾看到火撲過來。

나비 na bi 蝴蝶 名詞

꽃 주위에 나비가 있어요.

kkot ju wi e na bi ga i seo yo

花附近有蝴蝶。

나쁘다 na ppeu da

不好，不良，壞 形容詞

이 상품은 품질이 나빠서 안 쓰고 싶어요.

i sang pu meun pum ji ri na ppa seo an sseu go si peo yo

這個商品品質不好所以不想用。

나서다 na seo da

站出來，挺身而出，出現 動詞

한 발 앞으로 나서서 기다리세요.

han bal a peu ro na seo seo gi da ri se yo

請往前站出來一步並等待。

나아가다 na a ga da

前進，往前走，踏進 動詞

한 걸음 더 나아가서 왼쪽으로 가세요.

han geo reum deo na a ga seo oen jjo geu ro ga se yo

請往前走一步，然後向左邊走。

나아지다 na a ji da

好轉，好起來，好多了 動詞

치료를 하면서 병이 많이 나아졌어요.

chi ryo reul ha myeon seo byeong i ma ni na a jyeo seo yo

接受治療所以病情好轉許多。

나약하다 na ya ka da

懦弱，軟弱，嬌氣 形容詞

나약한 마음을 버리세요.

na ya kan ma eu meul beo ri se yo

請丟棄軟弱的內心。

나오다 na o da 出來，出現 動詞

집 밖으로 나와서 친구를 만났어요.
jip ba kkeu ro na wa seo chin gu reul man na seo yo
出門去和朋友見面。

어서 나오세요.
eo seo na o se yo
趕快出來。

나이 na i 年，年齡 名詞

새해에는 나이를 한 살 더 먹어요.
sae hae e neun na i reul han sal deo meo geo yo
新年的時候年紀又長一歲。

나중 na jung 以後，回頭，下次 名詞

나중에 만나요.
na jung e man na yo
下次見。

ㄴ

나타나다 na ta na da

出現，出面，露面 動詞

그가 내 꿈에 나타났어요.

geu ga nae kku me na ta na seo yo

他出現在我的夢中。

그는 감정이 얼굴에 잘 나타나요.

geu neun gam jeong i eol gu re jal la ta na yo

他的情感很容易顯現在臉上。

나태하다 na tae ha da

懶，懶惰，懶怠 形容詞

베짱이는 여름에 나태한 생활을 해서 겨울에는 먹을 것이 없었어요.

be jjang i neun yeo reu me na tae han saeng hwa reul hae seo gyeo u re neun meo geul geo si eop seo seo yo

蚱蜢在夏天懶惰地過生活，所以到了冬天就沒有東西吃了。

나팔 na pal 喇叭，小號 名詞

그는 나팔을 불었어요.

geu neun na pa reul bu reo seo yo

他吹了小號。

나흘 na heul 四天 名詞

나흘 동안 여름휴가를 다녀왔어요.

na heul dong an yeo reum hyu ga reul da nyeo wa seo yo

我休了四天的夏季連假。(韓國的公司或政府有定期的夏季休假)

낚다 nak da 鈎，釣，勾引 動詞

그는 낚시터에서 월척을 낚았어요.

geu neun nak si teo e seo wol cheo geul la kka seo yo

他在釣魚場釣到了一條大魚。

날 nal 天，日，日期；邊緣 名詞

나는 그를 만날 날을 손꼽아 기다렸어요.

na neun geu reul man nal la reul son kko ba gi da ryeo seo yo

我期待著與他見面的那一天。(字義:我屈指數算著與他見面的日子。)

면도기 날이 망가졌어요.

myeon do gi na ri mang ga jyeo seo yo

刮鬍刀的刀片壞了。

날개 nal gae 翼，翅膀，羽翅 名詞

날개를 다친 새를 발견했어요.

nal gae reul da chin sae reul bal gyeon hae seo yo

我發現一隻翅膀受傷的鳥。

날다 nal da 飛，飛翔，跳躍 動詞

바닷가에 기러기가 날아다녀요.

ba dat ga e gi reo gi ga na ra da nyeo yo

海邊的雁鳥飛來飛去。

날리다 nal li da

飄揚，飛揚，拂動 動詞

그는 주식으로 전 재산을 날렸어요.

geu neun ju si geu ro jeon jae sa neul lal lyeo seo yo

他為了公司股份蕩盡所有財產。

먼지가 바람에 날려요.

meon ji ga ba ra me nal lyeo yo

灰塵在風中飛。

ㄴ

날씨 nal ssi 天氣，天色 名詞

날씨가 맑아요.

nal ssi ga mal ga yo

天氣晴朗。

날짜 nal jja 日子，日期 名詞

아내의 출산 날짜가 언제예요?

a nae ui chul san nal jja ga eon je ye yo

夫人的預產期是什麼時候?

낡다 nak da 陳，老舊，陳舊 動詞

양복이 낡아서 새로 맞춰야겠어요.

yang bo gi nal ga seo sae ro mat chwo ya ge seo yo

我的西裝舊了，又得要量製新的了。

남 nam 別人，他人，外人 名詞

남의 말을 잘 들어 주세요.

na mui ma reul jal deu reo ju se yo

請好好聽別人說的話。

남기다 nam gi da

留，保留，遺留 動詞

음식을 남기지 않고 다 먹었어요.

eum si geul lam gi ji an ko da meo geo seo yo

吃得一點都不剩。

남다 nam da 剩，剩下，壓 動詞

약속 시간까지는 2시간이나 남았어요.

yak sok si gan kka ji neun tu si ga ni na na ma seo yo

距離約定的時間還剩下2小時。

남자 nam ja 男，男性，男子 名詞

남자 직원을 구하고 있어요.

nam ja jik gwo neul gu ha go i seo yo

我們想聘男生職員。

남쪽 nam jjok 南，南方，南邊 名詞

남쪽으로 내려갈수록 꽃이 빨리 펴요.

nam jjo geu ro nae ryeo gal su rok kko chi ppal li pyeo yo

越往南邊花兒越早開。

남편 nam pyeon
先生，丈夫，男人 名詞

남편과 같이 오셨나요?
nam pyeon gwa ga chi o syeot na yo
您和先生一起來的嗎?

낫다 nat da 痊癒，復原，好了 動詞

상처가 나아서 더 이상 아프지 않아요.
sang cheo ga na a seo deo i sang a peu ji a na yo
受的傷已經復原所以不再痛了。

저것 보다는 이게 더 나아 보여요.
jeo geot bo da neun i ge deo na a bo yeo yo
這個看起來比那個好。

낮 nat 天，白天，白日 名詞

여기는 지금 낮이에요.
yeo gi neun ji geum na ji e yo
這邊現在是白天。

낮다 nat da 矮，低，低微 形容詞

의자가 너무 낮아서 불편해요.

ui ja ga neo mu na ja seo bul pyeon hae yo

椅子太低了有點不舒服。

낮추다 nat chu da

放低，降低，壓低 動詞

말소리를 좀 낮추어 주세요.

mal so ri reul jom nat chu eo ju se yo

請降低說話的音量。

낯설다 nat seol da

生，外，陌生 形容詞

그는 처음 본 사람인데도 전혀 낯설지가 않아요.

geu neun cheo eum bon sa ra min de do jeon hyeo nat seol ji ga a na yo

雖然我是第一次見到他，卻一點也不覺得陌生。

낳다 na ta 產生，生，下 動詞

딸을 낳았대요.

tta reul la at dae yo

聽說生了個女兒。

내년 nae nyeon 明年 名詞

아들이 내년에는 입학해요.

a deu ri nae nyeon e neun i pak hae yo

小孩明年入學。

내놓다 nae no ta

拿出來，掏出來，交出來 動詞

이삿짐을 밖으로 내놓았어요.

i sat ji meul ba kkeu ro nae no a seo yo

要搬家的東西都搬到外面了。

내다 nae da 出，開，發 動詞

바쁘시더라도 시간을 좀 내주세요.

ba ppeu si deo ra do si ga neul jom nae ju se yo

很忙也還是請您挪出時間。

내리다 nae ri da
下，落下，降 動詞

새벽에 눈이 많이 내렸어요.
sae byeo ge nu ni ma ni nae ryeo seo yo
清晨的時候下了許多雪。

기차에서 내렸어요.
gi cha e seo nae ryeo seo yo
從火車上下來。

내면 nae myeon 裡面，內心 名詞

사람은 내면이 아름다워야 멋있어요.
sa ra meun nae myeo ni a reum da woe ya meo si seo yo
人的內在也要美才是真正的美(帥)。

내성적 nae seong jeok 內向 名詞

그는 내성적이어서 말을 잘 안 해요.
geu neun nae seong jeo gi eo seo ma reul jal ran hae yo
他比較內向所以不太說話。

내일 nae il 明天 名詞

내일 전화해요.
nae il jeon hwa hae yo
明天我們再通電話。

냄비 naem bi 鍋子 名詞

감정이 냄비같이 잘 끓고 잘 식었어요.
gam jeong i naem bi ga chi jal kkeul ko jal si geo seo yo
感情就像鍋子一樣容易沸騰也容易冷卻。

냄새 naem sae

氣味，味道，香，臭，味 名詞

구수한 냄새가 나요.
gu su han naem sae ga na yo
發出香噴噴的味道。

냉장고 naeng jang go 冰箱 名詞

냉장고에서 시원한 물을 꺼내 마셨어요.
naeng jang go e seo si won han mu reul kkeo nae ma syeo seo yo
從冰箱裡拿出涼涼的水喝了。

너 neo

你(對比自己年紀輩分低的人，或者很親近的人才會如此說) 代名詞

내가 너와 네 형을 불렀어.

nae ga neo wa ne hyeong eul bul leo seo

我找了你和你哥哥來。

너무 neo mu 太，過於 副詞

너무 늦어서 제시간에 못 가겠어요.

neo mu neu jeo seo je si ga ne mot ga ge seo yo

太晚了，無法準時到達。

너무하다 neo mu ha da

過頭，過分 動詞

이렇게 무시하다니 해도 해도 너무 해요.

i reo ke mu si ha da ni hae do hae do neo mu hae yo

你這麼瞧不起我，一而再再而三，太過分了。

너희 neo hui

你們，你(對比自己年紀輩分低的人，或者很親近的人才會如此說） 代名詞

너희 부모님께 인사 드리고 싶구나.

neo hui bu mo nim kke in sa deu ri go sip gu na

我真想向你的父母問好。

넓다 neol da

寬闊，廣闊，寬大 形容詞

공원이 매우 넓어요.

gong wo ni mae u neol beo yo

公園非常的寬。

넘기다 neom gi da

弄過去，移交 動詞

그냥 웃어넘기세요.

geu nyang u seo neom gi se yo

笑一笑就這樣過去吧。(不要追究)

그는 어려움을 잘 넘겼어요.

geu neun eo ryeo u meul jal leom gyeo seo yo

他渡過了難關。

넘다 neom da 越過，過，超過 動詞

밤 열 한시가 넘었어요.

bam yeol han si ga neo meo seo yo

已經超過晚上11點了。

넘어지다 neo meo ji da

倒，跌，摔 動詞

길을 가닥 돌에 걸려 넘어졌어요.

gi reul ga dak do re geol lyeo neo meo jyeo seo yo

在路上被一塊石頭絆倒。

넣다 neo ta 裝進，裝入，放進 動詞

동전을 지갑 속에 넣었어요.

dong jeo neul ji gap so ge neo eo seo yo

我把零錢放進錢包裡了。

넷 net 四，四個 數詞

여학생 넷이서 이 음식을 다 먹었어요.

yeo hak saeng ne si seo i eum si geul da meo geo seo yo

女學生四人把這些食物都吃完了。

넷째 net jjae 第四 數詞，冠形詞

넷째 줄에 밑줄을 그으세요.

net jjae ju re mit ju reul geu eu se yo

請在第四行下面畫底線。

노랗다 no ra ta

黃，枯萎，枯黃 形容詞

은행잎이 노랗게 물들었어요.

eun haeng i pi no ra ke mul deu reo seo yo

銀杏的葉子被染黃了。

노래 no rae 歌，歌曲，歌謠 名詞

무대 위에 오른 소녀가 노래를 잘해요.

mu dae wi e o reun so nyeo ga no rae reul jal hae yo

舞臺上右邊的少女唱得很好。

노력하다 no ryeo ka da

努力，認真 動詞

한국말을 배우려고 열심히 노력했어요.

han guk ma reul bae u ryeo go yeol shim hi no ryeo kae seo yo

我很努力地學韓文。

노리다 no ri da
伺，窺伺，暗算 動詞

적군이 호시탐탐 기회를 노리고 있어요.
jeok gu ni ho si tam tam gi hoe reul lo ri go i seo yo
敵軍虎視眈眈地在窺伺機會中。

노인 no in 老人，老年，老的 名詞

노인을 공경해야 해요.
no i neul gong gyeong hae ya hae yo
我們要尊重老人。

노출 no chul
露出，現出，袒露 名詞

여름은 노출이 많은 계절이에요.
yeo reu meun no chu ri man neun gye jeo ri e yo
夏季是穿著比較清涼的季節。

녹다 nok da 融化，消融 動詞

북극의 얼음이 녹고 있어요.
book geu gui eo reu mi nok go i seo yo
北極的冰正在融化。

녹이다 no gi da 熔，熔化，銷 動詞

난로 앞에서 몸 좀 녹이세요.

nan no a pe seo mom jom no gi se yo

到暖爐前取取暖。

논문 non mun 論文 名詞

졸업 전 논문 쓰느라 바빴어요.

jol reop jeon non mun sseu neu ra ba ppa seo yo

在寫畢業論文所以很忙。

논의하다 non ui ha da 議論，討論 動詞

태풍으로 비상 대책을 논의했어요.

tae pung eu ro bi sang dae chae geul lon ui hae seo yo

討論了防颱措施。

놀다 nol da 玩，玩兒，玩耍 動詞

아이가 장난감을 가지고 놀고 있어요.

a i ga jang nan ga meul ga ji go nol go i seo yo

孩子拿著玩具在玩耍。

놀라다 nol la da

吃驚，受驚 動詞

갑자기 큰 소리가 나서 놀랐어요.

gap ja gi keun so ri ga na seo nol la seo yo

突然發出這麼大的聲音嚇我一跳。

놀리다 nol li da 玩，耍，逗 動詞

너 나를 놀리는 거지?

neo na reul lol li neun geo ji

你現在是在耍我嗎?

놀이 no ri 玩樂，遊戲 名詞

아이들이 고무줄 놀이를 해요.

a i deu ri go mu jul lo ri reul hae yo

孩子們在玩橡皮筋。

높다 nop da

高的，偉大的，尊的 形容詞

바다에 높은 파도가 일었어요.

ba da e no peun pa do ga i reo seo yo

海面興起了很高的浪。

높이다 no pi da

提高，增強，加強 動詞

방 온도를 좀 더 높여주세요.

bang on do reul jom deo no pyeo ju se yo

請把房間的溫度調高一些。

놓다 no ta 放，下，打 動詞

가방은 여기 놓으세요.

ga bang eun yeo gi no eu se yo

包包請放這邊。

놓치다 no chi da

放走，放跑，脫手 動詞

잡고 있던 전화기를 놓쳤어요.

jap go it deon jeon hwa gi reul lo chyeo seo yo

剛剛才拿在手中的手機掉了。

뇌 noe 腦，腦袋，腦筋 名詞

뇌 수술은 위험해요.

noe su su reun wi heom hae yo

腦部手術很危險。

ㄴ

누구 nu gu 誰 代名詞

여기에 누구 있어요?

yeo gi e nu gu i seo yo

這裡有誰?

누나 nu na

姐，姊，姐姐(男生用語) 名詞

누나 한 명이 있어요.

nu na han myeong i iseo yo

我有一個姐姐。

누르다 nu reu da 按 動詞

버튼을 꼭 누르세요.

beo teu neul kkok nu reu se yo

請務必按下按鈕。

누리다 nu ri da

享受，享用，消受 動詞

그는 드디어 자유를 누려요.

geu neun deu di eo ja you reul lu ryeo yo

他最後終於獲得了自由。

눈 nun 眼睛 名詞

눈이 좋아요.

nu ni jo a yo

視力很好。

눈이 예뻐요.

nu ni ye ppeo yo

眼睛很漂亮。

눈물 nun mul 淚，眼淚，淚水 名詞

눈물이 나서 얼른 닦았어요.

nun mu ri na seo eol leun da kka seo yo

流淚了又趕快擦掉。

눈썹 nun sseop 眉，眉毛 名詞

그는 부탁해도 눈썹도 까닥하지 않았어요.

geu neun bu tak hae do nun sseop do kka dak ha ji a na seo yo

人家拜託他時，他連眉毛也不會動一下。（他絕對不會幫忙的。）

눈치 nun chi 眼色，神色 名詞

이상한 분위기를 눈치 챘어요.

i sang han bun wi gi reul lun chi chae seo yo

注意到了一個奇怪的氣氛。

눕다 nup da 臥，睡，躺下 動詞

사람들이 공원에 누워서 책을 보고 있어요.

sa ram deu ri gong wo ne nu woe seo chae geul bo go i seo yo

人們躺在公園裡看書。

느끼다 neu kki da 感覺，觸摸 動詞

뛰면 갈증을 느껴요.

ttwi myeon gal jeung eul leu kkyeo yo

跑一跑覺得口渴。

느낌 neu kkim 感，感覺，感受 名詞

경쾌한 느낌이 들어요.

gyeong kwae han neu kki mi deu reo yo

有種輕飄飄的感覺。

느리다 neu ri da 慢，遲緩 動詞

그는 걷는 속도가 너무 느려요.

geu neun geot neun sok do ga neo mu neu ryeo yo

他走路的速度太慢。

늘다 neul da

增加，增多，進步 動詞

운전솜씨가 많이 늘었어요.

un jeon som ssi ga ma ni neul reo seo yo

駕駛技術進步很多喔。

늘어나다 neu reo na da

漲，增，增長 動詞

나이가 들수록 주름살도 더 늘어나요.

na i ga deul su rok ju reum sal do deo neu reo na yo

年紀越大，皺紋就越多。

늙다 neuk da 老，年老，老大 動詞

우리 집 개는 10살이니 늙었어요.

u ri jip gae neun yeol sa ri ni neul geo seo yo

我們家的狗已經10歲了，老了。

능력 neung nyeok 能力，本領 名詞

숨겨진 능력을 키워 보세요.

sum gyeo jin neung nyeo geul ki woe bo se yo

培養看看潛在的能力。

능숙하다 neung suk ha da

諳，熟練 形容詞

그는 영어와 한국어가 능숙해요.

geu neun yeong eo wa han gu geo ga neung su kae yo

他精通英文和韓文。

늦다 neut da

遲到，來不及　動詞，形容詞

늦은 점심을 먹었어요.

neu jeun jeom si meul meo geo seo yo

我午餐比較晚吃。

늦추다 neut chu da

放鬆，缓，鬆　動詞

사정상 결혼식 날짜를 늦추었어요.

sa jeong sang gyeol hon sik nal jja reul leut chu eo seo yo

婚禮的日子因故延期了。

님 nim

用於人稱之後，表示尊稱。　接尾詞

김현중 님 , 들어오세요.

gim hyeon jung nim deu reo o se yo

金賢重先生，請進。

난 한국어 단어짱이다

我是韓語

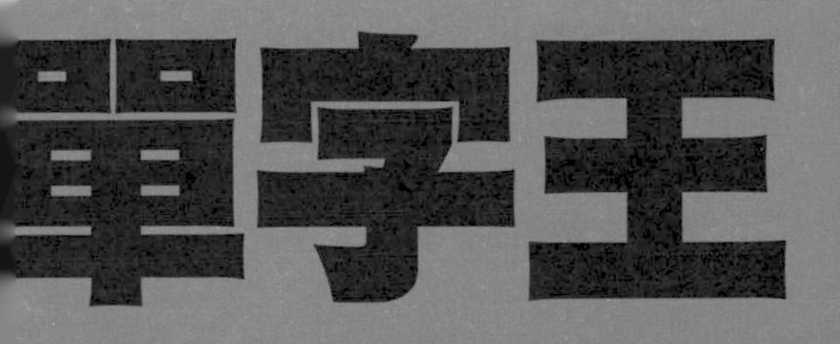

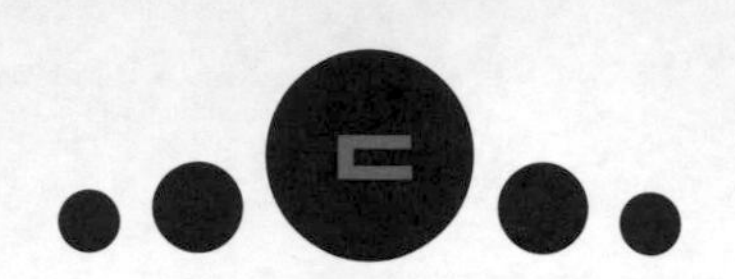

다 da 全部 副詞，名詞

여기 있던 과일이 다 어디로 갔어요?

yeo gi it deon gwa i ri da eo di ro ga seo yo

本來在這邊的水果都跑到哪裡了?

다니다 da ni da

來往，過往，往返 動詞

아침마다 약수터에 다녀요.

a chim ma da yak su teo e da nyeo yo

每天早上都去一趟礦泉水源。

다르다 da reu da

不一樣，相異 形容詞

우리는 서로 성격이 달라요.

u ri neun seo ro seong gyeo gi dal la yo

我們兩個的個性不一樣。

ㄷ

다리 da ri 腿，橋樑，高架橋 名詞

거기 가려면 강 위의 다리를 건너야 해요.

geo gi ga ryeo myeon gang wi ui da ri reul geon neo ya hae yo

要去那邊的話要過橋才行。

다스리다 da seu ri da

治理，掌管，管理 動詞

병은 초기에 잘 다스려야 해요.

byeong eun cho gi e jal da seu ryeo ya hae yo

疾病初期必須要好好管理。

다시 da si 再次，又 副詞

그는 하던 일을 다시 시작했어요.

geu neun ha deon i reul da si si ja kae seo yo

他重操舊業。

다음 da eum 下，其次，下面 名詞

다음 역에서 내리세요.

da eum yeo ge seo nae ri se yo

請在下一站下車。

다정하다 da jeong ha da

多情，親切，親熱 形容詞

그는 항상 다정하고 따뜻하게 말해요.

geu neun hang sang da jeong ha go tta tteut ta ge mal hae yo

他總是很熱情溫暖地說話。

다치다 da chi da

碰傷，觸摸，弄壞 動詞

넘어져서 무릎을 다쳤어요.

neom eo jyeo seo mu reu peul da chyeo seo yo

跌倒了所以膝蓋受傷。

다하다 da ha da

完，竟，終了 動詞

있는 힘을 다해서 뛰었어요.

it neun hi meul da hae seo ttwi eo seo yo

使盡全力奔跑。

다행 da haeng

幸運，大幸，慶幸 名詞

불행 중 다행이군요.

bul haeng jung da haeng i gun nyo

不幸中的大幸。

닦다 dak da 擦，抹，刷 動詞

그는 방을 닦은 뒤 창문도 닦았어요.

geu neun bang eul dak kkeun dwi chang mun do da kka seo yo

他擦了房間後又擦窗戶。

단순하다 dan sun ha da

單，單純 形容詞

일이 그렇게 단순하지가 않아요.

i ri geu reo ke dan sun ha ji ga a na yo

事情不是那麼簡單。

단체 dan che 團體，團隊 名詞

산악회 단체에 가입해서 등산을 가요.

san ak hoe dan che e ga i pae seo deung sa neul ga yo

我參加了登山社去登山。

닫다 dat da 關，關閉，合 動詞

화난 아이가 나가면서 문을 쾅 닫았어요.
hwa nan a i ga na ga myeon seo mu neul kwang da da seo yo
生氣的孩子出去時把門況一聲關上。

달 dal 月，月光，月影 名詞

밤 하늘을 보니 달이 은은한 빛을 내고 있어요.
bam ha neu reul bo ni da ri eun eun han bi cheul lae go i seo yo
觀看夜空月亮正發出隱約的光。

다음 달에 휴가 가요.
da eum da re hyu ga ga yo
下個月我要休假。

달다 dal da

帶，戴，佩帶；甜的　動詞，形容詞

거실에 새 전등을 달았어요.
geo si re sae jeon deung eul da ra seo yo
客廳裡裝了一個新電燈。

음료수가 너무 달아요.
eum nyo su ga neo mu da ra yo
飲料太甜了。

달래다 dal lae da

哄，哄勸，安慰　動詞

보모는 우는 아이를 달랬어요.
bo mo neun u neun a i reul dal lae seo yo
媽媽安慰哭泣的嬰兒。

달리다 dal li da
跑，趕；掛，拖帶；取決於，左右 動詞

달리는 마라톤 선수들이 보여요.
dal li neun ma ra ton seon su deu ri bo yeo yo
我看見在跑馬拉松的選手們。

이번 일에 제 운명이 달려있어요.
i beon i re je un myeong i dal lyeo i seo yo
這次的事情會左右我的命運。

닭 dak 雞 名詞
동네 아이들이 닭싸움을 해요.
dong ne a i deu ri dak ssa u meul hae yo
村裡的小孩在玩鬥雞的遊戲。(只能單腳站立，互相碰撞，出界或者雙腳著地者輸。)

닮다 dam da 像，似，像似 動詞
그는 할아버지를 꼭 닮았어요.
geu neun hal ra beo ji reul kkok dal ma seo yo
他非常像爺爺。

담다 dam da 盛，裝，盛載 動詞

과일을 접시에 담았어요.

gwa i reul jeop si e da ma seo yo

盤子上擺滿了水果。

담백하다 dam bae ka da

清淡，淡泊；坦白，坦率 形容詞

이 음식은 맛이 담백해요.

i eum si geun ma si dam bae kae yo

這道菜味道很清淡。

담요 dam nyo 毛毯，毯子 名詞

무릎에 담요를 덮고 있어요.

mu reu pe dam nyo reul deop go i seo yo

蓋了毯子在膝蓋上。

담당하다 dam dang ha da

擔任，任，擔當 名詞

안내를 담당하고 있어요.

an nae reul dam dang ha go i seo yo

我負責帶路。

ㄷ

답답하다 dap da pa da

煩悶，焦急，鬱悶 形容詞

가슴이 답답해요.

ga seu mi dap da pae yo

心情悶悶的。

답장 dap jang 答狀，回信 名詞

바로 답장을 보냈어요.

ba ro dap jang eul bo nae seo yo

我剛才回信了。

당근 dang geun 紅蘿蔔 名詞

감자와 당근으로 볶음밥을 만들었어요.

gam ja wa dang geu neu ro bok kkeum ba beul man deu reo seo yo

我用馬鈴薯和紅蘿蔔做了炒飯。

당연히 dang yeon hi

當然，自然，應該 副詞

잘못했으니 당연히 책임을 져야 해요.

jal mot tae seu ni dang yeon hi chaek gi meul jyeo ya hae yo

做錯事當然要負責。

당황하다 dang hwang ha da

驚慌，慌張，心慌，吃驚　動詞

당황해서 말이 잘 안 나왔어요.

dang hwang hae seo ma ri jal an na wa seo yo

我太驚慌了，說不出話來。

대신 dae sin

代身，代為，代替；大臣；大神　名詞

친구를 대신해서 왔어요.

chin gu reul dae sin hae seo wa seo yo

我代替朋友來了。

대표 dae pyo 代表 名詞

아시아 대표 선수들이 왔어요.

a si a dae pyo seon su deu ri wa seo yo

亞洲代表選手們來了。

대학생 dae hak saeng

大學生　名詞

대학생이 도서관에서 공부를 해요.

dae hak saeng i do seo gwa ne seo gong bu reul hae yo

大學生在圖書館裡面念書。

대화하다 dae hwa ha da

對話　動詞

대화할 사람이 필요해요.

dae hwa hal sa ra mi pil ryo hae yo

我需要能說說話的對象。

더 deo　更，多，再　副詞

조금 더 기다려 봐요.

jo geum deo gi da ryeo bwa yo

再多等一下下。

덜 deol　少，省，不夠，半　副詞

아직 잠이 덜 깼어요.

a jik ja mi deol kkae seo yo

還沒睡醒呢。

덥다 deop da 熱，暑 形容詞

몸에 열이 나서 더워요.

mo me yeo ri na seo deo woe yo

身體發熱所以覺得熱。

덩어리 deong eo ri

團，塊，坨 名詞

얼음 덩어리를 깼어요.

eo reum deong eo ri reul kkae seo yo

把冰塊團打碎。

덮개 deop gae 鋪蓋，床單 名詞

덮개를 씌웠어요.

deop gae reul ssui wo seo yo

鋪上床單。

도 do

表示強調，也，也還；(溫度)度 助詞

친구도 같이 가기로 했어요.

chin gu do ga chi ga gi ro hae seo yo

朋友也要一起去。

도달하다 do dal ha da

到，到達，到位 動詞

최고의 경지에 이미 도달했어요.

choe go ui gyeong ji e i mi do dal hae seo yo

我們已經到達景色最美麗的地方了。

도대체 do dae che 到底 副詞

도대체 무슨 말을 하고 싶은 건가요?

do dae che mu seun ma reul ha go si peun geon ga yo

你到底想說什麼呢?

도망치다 do mang chi da

逃走，溜掉 動詞

외국으로 도망쳤어요.

oe gu geu ro do mang chyeo seo yo

逃到外國去了。

도서관 do seo gwan 圖書館 名詞

도서관에서 책을 대출했어요.

do seo gwan e seo chae geul dae chul hae seo yo

在圖書館借書。

도시 do si 都市，城市 名詞

서울은 한국에서 제일 큰 도시예요.

seo u reun han gu ge seo je il keun do si ye yo

首爾是韓國最大的都市。

도시락 do si rak

飯盒，餐盒，便當 名詞

점심 도시락을 싸 왔어요.

jeom shim do si ra geul ssa wa seo yo

我買了便當來當午餐。

도움 do um 幫忙，幫助 名詞

마을 사람들이 그에게 도움을 주었어요.

ma eul sa ram deu ri geu e ge do u meul ju eo seo yo

村莊裡的人幫助了他。

도자기 do ja gi 陶瓷器，陶瓷 名詞

도자기 전시회에 다녀왔어요.

do ja gi jeon si hoe e da nyeo wa seo yo

我去參觀陶瓷展覽回來了。

도장 do jang

印章，圖章；道場 名詞

서류에 도장을 찍었어요.

seo ryu e do jang eul jji geo seo yo

在文件上蓋章了。

도저히 do jeo hi

無論如何，究竟，萬一，根本，絲毫 副詞

도저히 참을 수가 없어요.

do jeo hi cha meul su ga eop seo yo

無論如何還是睡不著。

도전 do jeon 挑戰 動詞

챔피언에 도전해 보겠어요.

chaem pi eon e do jeon hae bo ge seo yo

我要挑戰冠軍。

도중 do jung 途中，中途 名詞

길을 걷는 도중에 고향 친구를 만났어요.

gi reul geot neun do jung e go hyang chin gu reul man na seo yo

走路走到一半遇到故鄉的朋友。

도착하다 do chak ha da

到，到達 動詞

목적지에 도착했어요.

mok jeok ji e do chak hae seo yo

到達目的地了。

도토리 do to ri 橡實，橡果 名詞

그는 개밥에 도토리 신세가 됐어요.

geu neun gae ba be do to ri sin se ga dwae seo yo

他成為了不受歡迎的可憐人。(字義:他的情況變成狗食裡的橡果了。橡果沒有敲開的話連狗都不能吃，在狗食裡的橡果就變成無用的東西了。)

도톰하다 do tom ha da

厚，厚實 形容詞

빵 속에 도톰한 고기를 넣어 먹었어요.

ppang so ge do tom han go gi reul leo eo meo geo seo yo

在麵包中放入厚厚的肉來吃。

독립하다 dok ni pa da 獨立 動詞

그는 20살에 부모에게서 독립했어요.

geu neun seu mu sa re bu mo e ge seo dok nip pae seo yo

他20歲的時候脫離父母獨立了。

독서 dok seo 閱讀，讀書 名詞

그는 풍부한 독서로 유명한 작가가 되었어요.

geu neun pung bu han dok seo ro you myeong han jak ga ga doe eo seo yo

他因著豐富的閱讀成為了著名的作家。

독수리 dok su ri 老鷹 名詞

하늘의 큰 독수리가 날개를 펼쳤어요.

ha neu rui keun dok su ri ga nal gae reul pyeol chyeo seo yo

天空的大老鷹展開翅膀。

독일 do gil 德國 名詞

독일에서는 맥주를 음료수처럼 마셔요.

do gi re seo neun maek ju reul eum nyo su cheo reom ma syeo yo

在德國人們喝啤酒像是喝飲料一般。

독차지하다 dok cha ji ha da
獨霸，壟斷，籠括 動詞

그는 주위 사람들의 사랑을 독차지했어요.

geu neun ju wi sa ram deur ui sa rang eul dok cha ji hae seo yo

他獨佔了周圍所有人的愛。

돈 don 錢，金錢 名詞

돈을 아끼는 것이 돈을 버는 거예요.

do neul a kki neun geo si do neul beo neun geo ye yo

節省錢就是賺錢。

ㄷ

돈가스 don ga seu 炸豬排 名詞

점심 때 돈가스를 먹었어요.

jeom shim ttae don ga seu reul meok geo seo yo

我中午吃了炸豬排飯。

돋다 dot da 發出，冒出 動詞

새싹이 돋았어요.

sae ssa gi do da seo yo

冒出了新芽。

돋보기 dot bo gi 老花眼鏡 名詞

할아버지는 돋보기를 끼고 책을 읽었어요.

hal ra beo ji neun dot bo gi reul kki go chae geul ril geo seo yo

爺爺戴著老花眼鏡看書。

돋보이다 dot bo i da
突出，出色 動詞

그 옷은 몸매를 더 돋보이게 해요.

geu o seun mom mae reul deo dot bo i ge hae yo

那件衣服讓身材更凸顯。

돌 dol 石頭；周歲 名詞

제주도에는 돌이 많아요.
je ju do e neun do ri ma na yo
濟州島有很多石頭。

이번 주에 우리아이 돌잔치 해요.
i beon ju e u ri a i dol jan chi hae yo
這週我們家小孩滿周歲。

돌고래 dol go rae 海豚 名詞

그 수족관의 돌고래를 바다로 보내줬어요.
geu su jok gwan ui dol go rae reul ba da ro bo nae jwo seo yo
那家水族館把海豚送回海裡了。

돌다 dol da 轉，轉動，旋 動詞

입 안에 군침이 돌았어요.
ip ba ne gun chi mi do ra seo yo
垂涎三尺。

돌려주다 dol lyeo ju da
還，歸，交還 動詞

친구에게 빌린 책을 돌려주었어요.
chin gu e ge bil lin chae geul dol lyeo ju eo seo yo
向朋友借的書已經還回去了。

돌보다 dol bo da 看顧，照顧 動詞

자신의 건강은 자기가 돌보아야 해요.
ja sin ui geon gang eun ja gi ga dol bo a ya hae yo
自己健康自己要多照顧才是。

돌아가다 do ra ga da
回轉，轉 動詞

모퉁이를 돌아가면，그 가게가 나와요.
mo tung i reul do ra ga myeon geu ga ge ga na wa yo
轉個彎那家店就會出現。

돌아오다 do ra o da
回來，回復 動詞

휴가를 갔다가 일상으로 돌아왔어요.
hyu ga reul gat da ga il sang eu ro do ra wa seo yo
去休假回來，現在回到原本生活。

돕다 dop da 幫忙 動詞

무엇을 도와 드릴까요?
mu eo seul do wa deu ril kka yo
需要幫忙嗎?

동네 dong ne 村，鄰里 名詞

이 동네에는 갈 곳이 많아요.
i dong ne e neun gal go si ma na yo
這個村裡，能去的地方很多。

동료 dong nyo 同事，同僚 名詞

직장 동료와 출장을 갔어요.
jik jang dong nyo wa chul jang eul ga seo yo
我和同事一起出差了。

동물 dong mul 動物 名詞

동물 병원에 데려가세요.
dong mul byeong wo ne de ryeo ga se yo
請帶去動物醫院。

동생 dong saeng 弟弟，妹妹 名詞

남동생이 한 명 있어요.
nam dong saeng i han myeong i seo yo
我有一個弟弟。

동아리 dong a ri 社團 名詞

합창 동아리 활동을 하고 있어요.
hap chang dong a ri hwal dong eul ha go i seo yo
我有參加合唱社團。

동안 dong an

期間，時候，時間 名詞

여기까지 오는 동안 생각을 해봤어요.
yeo gi kka ji o neun dong an saeng ga geul hae bwa seo yo
我來的路上思考了一下。

동영상 dong yeong sang
影片 名詞

동영상을 촬영했어요.
dong yeong sang eul chwal ryeong hae seo yo
拍了影片。

동의하다 dong ui ha da
同意，認同 動詞

그의 말에 전적으로 동의해요.
geu ui ma re jeon jeo geu ro dong ui hae yo
我完全同意他的說法。

동작 dong jak 動作 名詞

빠른 동작으로 걸어 나갔어요.
ppa reun dong ja geu ro geo reo na ga seo yo
以快動作走出去了。

동쪽 dong jjok 東邊，東方 名詞

해가 동쪽에서 떠올랐어요.
hae ga dong jjo ge seo tteo ol la seo yo
太陽從東邊升起了。

되다 doe da 變成，成為；硬 動詞

저는 커서 소방관이 되고 싶어요.
jeo neun keo seo so bang gwa ni doe go si peo yo
我長大想當消防員。

그 문제는 되게 어려웠어요.
geu mun je neun doe ge eo ryeo wo seo yo
那個問題非常難。

되도록 doe do rok

盡，盡可能，盡量 副詞

되도록이면 빨리 해주세요.
doe do ro gi myeon ppal li hae ju se yo
請盡可能地快完成。

되돌리다 doe dol li da

退回，還回 動詞

반대하던 부모님의 마음을 되돌렸어요.
ban dae ha deon bu mo nim ui ma eu meul doe dol lyeo seo yo
本來反對的父母回心轉意了。

두각 du gak 頭角 名詞

그는 어려서부터 두각을 나타냈어요.

geu neun eo ryeo seo bu teo du ga geul la ta nae seo yo

他從小就特別出眾（嶄露頭角）。

두껍다 du kkeop da 厚 形容詞

입술이 두꺼워요.

ip su li du kkeo woe yo

嘴唇很厚。

두께 du kke 厚，厚度，薄厚 名詞

이 나무의 두께를 재 보세요.

i na mu ui du kke reul jae bo se yo

量量看這木材的厚度。

두다 du da 放，擱，置 動詞

안경을 탁자 위에 두고 왔어요.

an gyeong eul tak ja wi e du go wa seo yo

我把眼鏡放在桌上就過來了。

두드러지다 du deu reo ji da

彰顯，顯著，突出 動詞，形容詞

광대뼈가 더 두드러져 보여요.
gwang dae ppyeo ga deo du deu reo jyeo bo yeo yo
顴骨顯得更加突出。

두드리다 du deu ri da

打，鼓，擊 動詞

누군가 문을 똑똑 두드렸어요.
nu gun ga mu neul ttok ttok du deu ryeo seo yo
有人咚咚地敲門。

두렵다 du ryeop da

可怕，害怕，恐慌 動詞

아이는 어둠을 두려워해요.
a i neun eo du meul du ryeo woe hae yo
小孩會怕黑。

두부 du bu 豆腐 名詞

두부를 넣고 된장국을 끓였어요.

du bu reul leo ko doen jang gu geul kkeu ryeo seo yo

放進豆腐煮味增湯。

두통 du tong 頭痛，頭疼 名詞

두통이 너무 심해요.

du tong i neo mu shim hae yo

頭痛很嚴重。

둔감하다 dun gam ha da

感覺遲鈍 形容詞

그는 유행에 둔감한 편이에요.

geu neun you haeng e dun gam han pyeo ni e yo

他對於流行的感覺比較遲鈍。

둘 dul 二，兩 數詞

우리 둘이서 같이 가요.

u ri du ri seo ga chi ga yo

我們兩個一起去。

ㄷ

둘러보다 dul leo bo da

環視，環顧，張望 動詞

주위를 둘러보았어요.

ju wi reul dul leo bo a seo yo

環顧周圍。

둘째 dul jjae 第二 數詞，冠形詞

솜씨가 둘째 가라면 서럽죠.

som ssi ga dul jjae ga ra myeon seo reop jyo

如果說他手藝(技巧)是第二他會不開心的。(他是公認第一名的。)

둥글다 dung geul da

圓，團圓 形容詞

둥근 해가 떴어요.

dung geun hae ga tteo seo yo

圓圓的太陽升起了。

뒤 dwi 後，後邊，後頭 名詞

뒤로 물러서 있으세요.

dwi ro mul leo seo i seu se yo

請往後退一步。

뒤돌아보다 dwi do ra bo da

回頭看，回眸，顧看 動詞

지난날을 뒤돌아봤어요.

ji nan na reul dwi do ra bwa seo yo

回首過去。

뒤바뀌다 dwi ba kkwi da

顛倒，倒過兒 動詞

집에 오니 가구 위치가 뒤바뀌어 있었어요.

Ji be o ni ga gu wi chi ga dwi ba kkwi eo i seo seo yo

回家一看傢俱的位置全都變了。

뒤죽박죽 dwi juk bak juk

雜亂無章，亂七八糟 名詞

머릿속이 뒤죽박죽이에요.

meo rit so gi dwi juk bak ju gi e yo

頭腦裡一團糟。

뒤집다 dwi jip da

翻，顛倒，反 動詞

손바닥을 뒤집어 봐요.

son ba da geul dwi ji beo bwa yo

手掌翻過來看看。

뒤쳐지다 dwi chyeo ji da

翻轉 動詞

뒤쳐지지 않게 앞 사람을 잘 따라오세요.

dwi chyeo ji ji an ke ap sa ra meul jal tta ra o se yo

不要弄亂請跟著前面的人過來。

뒷면 dwit myeon

背面，後面，背兒 名詞

뒷면에 주소를 써 주세요.

dwit myeo ne ju so reul sseo ju se yo

請在背面寫地址。

뒷모습 dwit mo seup
背影，後影兒，後身 名詞

그 사람의 뒷모습만 봤어요.

geu sa ra mui dwit mo seup man bwa seo yo

我只看到那個人的背影。

ㄷ

드디어 deu di eo 終於，總算 副詞

드디어 숙제를 끝냈어요.

deu di eo suk je reul kkeut nae seo yo

終於把作業寫完了。

드라마 deu ra ma
戲劇，戲劇性事件 名詞

한국 드라마가 인기 있어요.

han guk deu ra ma ga in gi i seo yo

韓劇很受歡迎。

드러나다 deu reo na da
顯露，顯現，現 動詞

진실은 반드시 드러나요.

jin si reun ban deu si deu reo na yo

真相必定會顯明。

드러내다 deu reo nae da

袒露，呈顯 動詞

집안 일을 드러내 놓고 말하지 못했어요.

ji ban i reul deu reo nae no ko mal ha ji mo tae seo yo

無法把家裡的事通通顯露說出來。

드문드문 deu mun deu mun

零星，零落，斷斷續續 副詞

구경하는 사람이 드문드문 있어요.

gu gyeong ha neun sa ra mi deu mun deu mun i seo yo

零零落落地有來參觀的人。

드물다 deu mul da

稀，稀少，罕 形容詞

그만한 사람도 드물어요.

geu man han sa ram do deu mu reo yo

很少人能媲美他。

득점 deuk jeom

得分，比分，比數 名詞

그선수는 최고 득점을 받았어요.

geu seon su neun choe go deuk jeo meul ba da seo yo

那位選手得到最高的分數。

든든하다 deun deun ha da

結實，牢固，堅固 形容詞

내 마음이 든든해요.

nae ma eu mi deun deun hae yo

我的內心很充實。

듣다 deut da 聽，聽見，聞見 動詞

그런 소문은 처음 들어요.

geu reon so mun eun cheo eum deu reo yo

那種傳聞我是第一次聽到。

들 deul 平原，原野，野地 名詞

넓은 들에는 꽃들이 만발해요.

neol beun deu re neun kkot deu ri man bal hae yo

在寬廣的平原上萬花開放。

들다 deul da 入，進入，染上 動詞

아이는 일찍 잠자리에 들었어요.
a i neun il jjik jam ja ri e deu reo seo yo
孩子很早就去睡了。

그는 손에 책을 들고 있었어요.
geu neun so ne chae geul deul go i seo seo yo
他手上拿著書。

들뜨다 deul tteu da
浮，飛越，浮揚 動詞

거리는 축제 분위기에 들떠있어요.
geo ri neun chuk je bun wi gi e deul tteo i seo yo
街道上飄揚著慶典的氣氛。

들려주다 deul lyeo ju da
給…聽 動詞

할머니는 손자에게 옛날이야기를 들려주었어요.
hal meo ni neun son ja e ge yet nal ri ya gi reul deul lyeo ju eo seo yo
奶奶跟孫子說昔日的故事。

들르다 deul leu da 順便去 動詞

퇴근 길에 잠깐 들렀어요.

toe geun gi re jam kkan deul leo seo yo

下班的路上順便去。

들어가다 deu reo ga da

入，進去，進 動詞

다들 물속에 들어갔어요.

da deul mul so ge deu reo ga seo yo

大家都下水(游泳)了。

들어오다 deu reo o da

入，進來，進 動詞

어서 들어오세요.

eo seo deu reo o se yo

趕快進來。

들이다 deu ri da

讓…進，搬進，花費 動詞

정성을 들여 준비했어요.

jeong seong eul deul ryeo jun bi hae seo yo

付出精誠來準備。

들키다 deul ki da

被發覺，被察覺，被發現 動詞

졸다가 선생님께 들켰어요.

jol da ga seon saeng nim kke deul kyeo seo yo

打瞌睡被老師看到了。

듬성듬성 deum seong deum seong

稀疏，稀稀落落，零零星星 副詞

흰머리가 듬성듬성 나있어요.

huin meo ri ga deum seong deum seong na i seo yo

白頭髮稀稀疏疏地長出來。

듬직하다 deum jik ha da

沉穩，穩重，沉著 形容詞

신랑이 참 듬직해 보여요.

sin lang i cham deum jik hae bo yeo yo

新郎看起來很穩重。

듯이 deu si 如同，就像 依存名詞

그는 뛸 듯이 기뻐했어요.

geu neun ttwil deu si gi ppeo hae seo yo

他高興得像在飛一樣。

듯하다 deut ta da

好像，似，似屬 補助形容詞

문제가 좀 어려운 듯해요.

mun je ga jom eo ryeo un deu tae yo

問題似乎有點難。

등 deung 背，背部，等 名詞

거북이는 등이 딱딱해요.

geo bu gi neun deung i ttak ttak hae yo

烏龜的背很硬。

등등 deung deung

等等，什麼的，之類的 依存名詞

과자，떡，과일 등등 많이 준비했어요.

gwa ja tteok gwa il deung deung ma ni jun bi hae seo yo

餅乾，年糕，水果等等準備了很多。

ㄷ

MP3 067

등록 deung nok
登記，註冊，存案　名詞

오늘 수영장에 등록했어요.
o neul su yeong jang e deung nok hae seo yo
我今天在游泳池註冊了。

등록금 deung nok geum
註冊費，學費　名詞

대학 등록금이 또 올랐어요.
dae hak deung nok geu mi tto ol la seo yo
大學學費又漲了。

등산 deung san　登山，爬山　名詞
주말에 등산 가요.
ju ma re deung san ga yo
週末我要去登山。

등장 deung jang

亮相，登場，上場 名詞

연극배우가 드디어 무대에 등장했어요.

yeon geuk bae u ga deu di eo mu dae e deung jang hae seo yo

戲劇演員終於登上了舞臺。

디디다 di di da 登，蹬，踏 動詞

발을 잘못 디뎌서 다쳤어요.

ba reul jal mot di dyeo seo da chyeo seo yo

腳踩錯了受傷。

따다 tta da 取，摘 動詞

그는 금메달을 땄어요.

geu neun geum me da reul tta seo yo

他摘下了金牌。

따뜻하다 tta tteu ta da

溫暖，暖和，溫和 形容詞

방안에 따뜻해요.

bang a ne tta tteu tae yo

房間裡面很溫暖。

ㄷ

따라가다 tta ra ga da

跟隨，跟著，趕 動詞

이 길을 쭉 따라가세요.

i gi reul jjuk tta ra ga se yo

請一直沿著這條路走。

따르다 tta reu da

跟隨，遵從，按照；到，酌 動詞

동생은 형의 행동을 따라 했어요.

dong saeng eun hyeong ui haeng dong eul tta ra hae seo yo

弟(妹)跟著哥哥做。

컵에 음료수를 따라놓았어요.

keo be eum nyo su reul tta ra no a seo yo

杯子裡倒了飲料。

따지다 tta ji da

究問，追尋，追究 動詞

이것저것 따져보고 물건들을 구입했어요.

i geot jeo geot tta jyeo bo go mul geon deu reul gu i pae seo yo

這個那個仔細追問計算地買了東西。

딸 ttal 女兒，閨女 名詞

딸만 셋 있어요.

ttal man set i seo yo

我只有三個女兒。

딸기 ttal gi 草莓 名詞

딸기를 사왔어요.

ttal gi reul sa wa seo yo

我買了草莓來。

땀 ttam 汗水，汗 名詞

그는 땀을 뻘뻘 흘리며 일했어요.

geu neun tta meul ppeol ppeol heul li myeo il hae seo yo

他汗水涔涔灑下地工作。

땅 ttang 土地，土，地面 名詞

미국은 땅이 넓어요.

mi gu geun ttang i neol beo yo

美國的地很廣。

ㄷ

MP3
069

때 ttae 時，時間，時刻；汙垢 名詞

밥은 때에 먹어야 해요.

ba beun ttae e meo geo ya hae yo

飯要按時吃。

목욕탕에서 때를 씻어요.

mok gyok tang e seo ttae reul ssi seo yo

在澡堂洗淨汙垢。

때리다 ttae ri da 打 動詞

빗물이 창문을 때리는 소리가 들려요.

bit mu ri chang mu neul ttae ri neun so ri ga deul lyeo yo

我聽到雨水打到窗戶的聲音。

떠나다 tteo na da

離開，撤離，走 動詞

그 기차는 벌써 떠났어요.

geu gi cha neun beol sseo tteo na seo yo

那火車已經走了。

떠오르다 tteo o reu da
升，想起來，浮現 動詞

생각이 떠올랐어요.
saeng ga gi tteo ol la seo yo
突然想起來。

ㄷ

떡국 tteok guk 年糕湯 名詞

설날에는 떡국을 먹어요.
seol la re neun tteok gu geul meo geo yo
農曆新年時會喝年糕湯。

떨다 tteol da 顫動，發抖 動詞

기온이 영하로 떨어져서 벌벌 떨었어요.
gi oni yeong ha ro tteo reo jyeo seo beol beol tteo reo seo yo
氣溫降到零下所以哆嗦著發抖。

여학생들이 모여서 수다를 떨고 있어요.
yeo hak saeng deu ri mo yeo seo su da reul tteol go i seo yo
女學生聚集起來，吱吱喳喳的講話。

떨어지다 tteo reo ji da
落，掉落；分離 動詞

그는 가족과 멀리 떨어져 살아요.
geu neun ga jok gwa meol li tteo reo jyeo sa ra yo
他住得離家人很遠。

떼 tte 伙，堆，群 名詞

벌떼들이 벌집에 모여있어요.
beol tte deu ri beol ji be mo yeo i seo yo
蜜蜂群聚集到蜂窩中。

떼다 tte da 卸，揭，摘 動詞

아이가 손에 스티커를 붙였다 뗐어요.
a i ga so ne seu ti keo reul bu cheot da tte seo yo
孩子把貼紙貼在手上又撕下來。

또 tto 還，又，再 副詞

또 우리가 이겼어요.
tto u ri ga i gyeo seo yo
我們又贏了。

또는 tto neun 或，或者，要麼 副詞

이것은 강 또는 바다에서 볼 수 있어요.

i geo seun gang tto neun ba da e seo bol su i seo yo

那個在江河或海中都可以看見。

또래 tto rae 同輩，輩 名詞

그는 또래보다 키가 커요.

geu neun tto rae bo da ki ga keo yo

他在同輩之間身高更高。

똑같다 ttok gat da

無異，相同，一模一樣 形容詞

세 사람이 똑같은 방향을 쳐다보고 있어요.

se sa ra mi ttok ga chin bang hyang eul chyeo da bo go i seo yo

三個人看著同一個方向。

똑같이 ttok ga chi

無異，相同，一模一樣 副詞

모두에게 똑같이 나눠줬어요.

mo du e ge ttok ga chi na nwo jwo seo yo

一模一樣地分給所有人。

뚜껑 ttu kkeong 塞，帽，蓋 名詞

뚜껑을 열었어요.
ttu kkeong eul ryeo reo seo yo
把蓋子打開了。

뚫다 ttul ta 穿，齒，鑽 動詞

터널을 뚫었어요.
teo neo reul ttu reo seo yo
穿鑿隧道。

뚱뚱하다 ttung ttung ha da
胖胖的，肥 形容詞

그 옷은 뚱뚱해 보여요.
geu o seun ttung ttung hae bo yeo yo
那件衣服看起來很胖。

뛰다 ttwi da 跑，跳躍，飛濺 動詞

버스를 타려고 뛰었어요.
beo seu reul ta ryeo go ttwi eo seo yo
跑著要去搭巴士。

뛰어나다 ttwi eo na da

優秀，優越　形容詞

아이는 과학에 뛰어난 소질이 보여요.

a i neun gwa ha ge ttwi eo nan so ji ri bo yeo yo

看得出來這孩子對科學有傑出的素質。

뜨개질 tteu gae jil

織，織毛線，編織　名詞

직접 털실로 뜨개질을 해서 만들었어요.

jik jeop teol sil lo tteu gae ji reul hae seo man deu reo seo yo

直接用毛線編織而成的。

뜨겁다 tteu geop da

熱，炎，燙　形容詞

국이 뜨거우니 조심하세요.

gu gi tteu geo u ni jo shim ha se yo

湯很燙，請小心。

뜨다 tteu da

移開，舀，盛，嚐，夾；漂浮，起飛，升起；睜開；緩慢 動詞

잠에서 깨어 눈을 떴어요.
jame seo kkae eo nu neul tteo seo yo
從睡夢中醒來睜開眼睛。

기름이 물 위에 둥둥 떠 있어요.
gi reu mi mul wi e dung dung tteo i seo yo
油悠悠地漂在水上面。

뜬금없다 tteun geum eop da

意外，想不到 形容詞

그는 갑자기 뜬금없는 소리를 했어요.
geu neun gap ja gi tteun geum eom neun so ri reul hae seo yo
他突然說出令人意想不到的話。

뜯다 tteut da 拆，揭 動詞

포장을 뜯었어요.
po jang eul tteu deo seo yo
把包裝拆開。

뜻 tteut 意思，意義，旨意 名詞

뜻이 있는 곳에 길이 있어요.

tteu si it neun go se gi ri i seo yo

有旨意的地方會有道路。

띠 tti 帶，皮帶，腰帶 名詞

그는 머리에 금색 띠를 둘렀어요.

geu neun meo ri e geum saek tti reul dul leo seo yo

他在頭上綁了金帶子。

띠다 tti da 帶，具有，繫 動詞

그는 얼굴에 미소를 띠고 있어요.

geu neun eol gu re mi so reul tti go i seo yo

他臉上帶著微笑。

라디오 ra di o 收音機，廣播 名詞

그는 라디오 방송을 진행해요.

geu neun la di o bang song eul jin haeng hae yo

他正在進行廣播播放。

라면 ra myeon 泡麵 名詞

라면을 끓여 먹었어요.

ra myeoneul kkeuryeo meogeoseo yo

煮泡麵來吃了。

라이벌 ra i beol (= 맞수mat su) 競争者，對手，敵手 名詞

두 학교는 라이벌 관계예요.

du hak gyo neun la i beol gwan gye ye yo

兩間學校是競爭對手。

러시아 reo si a 俄羅斯 名詞

러시아 발레단의 공연을 봤어요.

reo si a bal le dan ui gong yeo neul bwa seo yo

我看了俄羅斯芭雷舞團的表演。

레깅스 re ging seu 緊身褲 名詞

여자들은 겨울에도 레깅스를 입어요.

yeo ja deu reun gyeo u re do re ging seu reul i beo yo

女生們在冬天也穿緊身褲。

레몬 re mon 檸檬 名詞

레몬에는 비타민 C가 많아요.

re mone neun bi ta min C ga ma na yo

檸檬有很多維他命C。

레벨 re bel (= 수준su jun)

水準，等級 名詞

레벨에 맞추어 영어를 가르쳐요.

re be re mat chu eo yeong eo reul ga reu chyeo yo

適合他們的水準來教英語。

ㄹ

레스토랑

re seu to rang (= 양식당yang sik dang)

餐廳，西餐廳　名詞

레스토랑에서 가족과 근사한 저녁 식사를 했어요.

re seu to rang e seo ga jok gwa geun sa han jeo nyeok sik sa reul hae seo yo

我和家人一起在西餐廳吃了豐盛的晚餐。

레슨

re seun (= 개인 교습gae in gyo seup)

功課，課業，授課（ = 個人教習）　名詞

그 교수님께 피아노 레슨을 받았어요.

geu gyo su nim kke pi a no re seu neul ba da seo yo

我上那位教授教的一對一鋼琴課程。

레이스　re i seu　蕾絲　名詞

꼬마의 옷은 온통 레이스가 달려있어요.

kko ma ui o seun on tong re i seu ga dal lyeo i seo yo

孩子的衣服充滿了蕾絲。

레저

re jeo (= 여가 활동yeo ga hwal dong)

休閒活動　名詞

아파트 주변에 레저 시설이 많아요.

a pa teu ju byeo ne re jeo si seo ri ma na yo

公寓附近有許多休閒設施。

ㄹ

렌즈

ren jeu　隱形眼鏡；鏡頭　名詞

렌즈를 꼈어요.

ren jeu reul kkyeo seo yo

戴了隱形眼鏡。

콘택트 렌즈를 빼야 해요.

con taek teu ren jeu reul ppae ya hae yo

必須摘下隱形眼鏡。

로

ro　由，用，以　助詞

이번에는 철로 작품을 만들어 봤어요.

i beon e neun cheol lo jak pu meul man deu reo bwa seo yo

這次作品用鐵試做看看。

로맨틱하다 ro maen tik ha da

羅曼蒂克，浪漫 形容詞

로맨틱한 분위기였어요.

ro maen tik han bun wi gi yeo seo yo

真是羅曼蒂克的氣氛。

로봇 ro bot

機器人，機械人，自動控制裝置 名詞

로봇 박물관에 갔어요.

ro bot bak mul gwa ne ga seo yo

我去了機器人博物館。

로비 ro bi 大廳 名詞

그는 호텔 로비에 서 있어요.

geu neun ho tel lo bi e seo i seo yo

他站在飯店的大廳裡。

로서 ro seo

身為(表示身份、地位、資格的助词。)

助詞

그 분은 교사로서 훌륭해요.

geu bu neun gyo sa ro seo hul lyung hae yo

他是很優秀的老師。

리더 ri deo (= 지도자ji do ja)

領袖，領導者，指導者 名詞

그는 한 회사의 리더가 되었어요.

geu neun han hoe sa ui ri deo ga doe eo seo yo

他成為了一個公司的領導者。

리듬 ri deum 韻律，節奏 名詞

규칙적인 생활의 리듬이 깨졌어요.

gyu chik jeo gin saeng hwal ui ri deu ml kkae jyeo seo yo

打亂了規律的生活步調。

리본 ri bon 緞帶 名詞

리본으로 묶은 선물이 보여요.

ri bo neu ro mu kkeun seon mu ri bo yeo yo

我看到用緞帶綁好的禮物。

리뷰 ri byu
檢閱；復習，溫習；回顧，回憶；再檢查，重新探討；復審；評論 名詞

독자 리뷰를 먼저 읽어봤어요.
dok ja ri byu reul meon jeo il geo bwa seo yo
先看了讀者評語。

리스트 ri seu teu
表，單子，名單 名詞

그는 블랙리스트에 올라 있어요.
geu neun beul laek ni seu teu e ol la i seo yo
他進入了黑名單。

리포트 ri po teu 報告，小論文 名詞
기말고사 리포트를 작성했어요.
gi mal go sa ri po teu reul jak seong hae seo yo
寫了期末報告。

리허설

ri heo seol (= 예행연습ye haeng yeon seup)

彩排，排練，練習　名詞

오늘 마지막 리허설을 했어요.

o neul ma ji mak ri heo seo reul hae seo yo

今天做了最後一次排練。

마다 ma da 每，都，各 助詞

날마다 아침 운동을 해요.

nal ma da a chim un dong eul hae yo

我每天早上都運動。

마당 ma dang

院子，場地，庭院 名詞

마당을 쓸었어요.

ma dang eul sseu reo seo yo

我把庭院掃乾淨。

마당발 ma dang bal

扁平足，大腳板，大能人 名詞

그는 이 계통의 마당발이에요.

geu neun i gye tong ui ma dang ba ri e yo

他是這個領域的達人。

마디 ma di 句子，節 名詞

한 마디만 하겠어요.

han ma di man ha ge seo yo

我只說一句話。

마련하다 ma ryeon ha da

準備，置辦，籌畫 動詞

돈을 마련했다.

do neul ma ryeon haet da

籌了錢。

마르다 ma reu da 乾，渴 動詞

목 말라요. 물 좀 주세요.

mok mal la yo mul jom ju se yo

口好渴。請給我水。

가뭄 때문에 강물이 말랐어요.

ga mum ttae mu ne gang mu ri mal la seo yo

因為旱災，江河都乾了。

마마 보이

ma ma bo i (= 응석받이eung seok bat ji)

嬌生慣養的男孩，過分依戀母親的男孩；缺乏男子氣的男人 名詞

그는 마마 보이라서 엄마 허락을 꼭 받아야 해요.

geu neun ma ma bo i ra seo eom ma heo ra geul kkok ba da ya hae yo

他是mama-boy，所以一定要經過媽媽的同意。

마무리

ma mu ri 收尾，結束 名詞

일이 마무리 단계에 들어섰어요.

i ri ma mu ri dan gye e deu reo seo seo yo

事情進入作結尾的階段了。

마법

ma beop 魔法，魔術 名詞

마법을 부렸어요.

ma beo beul bu ryeo seo yo

變了魔術。

마비 ma bi 麻木，麻痹，癱瘓 名詞

다리가 마비되어 움직일 수가 없어요.

da ri ga ma bi doe eo um ji gil su ga eop seo yo

腳麻痺了不能動。

마사지 ma sa ji 按摩 名詞

마사지 받으러 가요.

ma sa ji ba deu reo ga yo

我要去給人家按摩。

마술사 ma sul sa 魔術師 名詞

그는 세계적인 마술사예요.

geu neun se gye jeo gin ma sul sa ye yo

他是世界性的魔術師。

마스크 ma seu keu 口罩 名詞

감기에 걸려서 마스크를 하고 나갔어요.

gam gi e geol lyeo seo ma seu keu reul ha go na ga seo yo

感冒了所以戴了口罩出門。

MP3 079

마스터 ma seu teo (= 숙달suk dal)

名家，大師，師傅；精通者，熟人，達人

名詞

일 년 만에 한국어를 마스터했어요.

il lyeon mane han gugeo reul ma seu teo haeseo yo

一年當中成了韓文達人。

마시다 ma si da 喝，飲，用 動詞

갈증이 나서 계속 물만 마셨어요.

gal jeung i na seo gye sok mul man ma syeo seo yo

覺得很渴所以一直喝水。

마을 ma eul 村子，村莊 名詞

고향 마을 앞에는 강이 흘러요.

go hyang ma eul a pe neun gang i heul leo yo

我故鄉的村子前面有江流過。

마음 ma eum 心情，心，內心 名詞

그는 마음 좋은 사람이에요.

geu neun ma eum jo eun sa ra mi e yo

他是心腸很好的人。

마음가짐 ma eum ga jim

思想準備，心態，內心準備 名詞

잘 될수록 겸손한 마음가짐이 필요해요.

jal doel su rok gyeom son han ma eum ga ji mi pi ryo hae yo

過得越好越需要謙遜溫和的態度。

마음대로 ma eum dae ro

隨心所欲，隨便 名詞

몸이 마음대로 움직이지 않아요.

mo mi ma eum dae ro um ji gi ji a na yo

身體不按照內心去行動。

마이크 ma i keu

麥克風，擴音器，話筒 名詞

마이크를 잡고 노래했어요.

ma i keu reul jap go no rae hae seo yo

抓著麥克風唱歌。

마주치다 ma ju chi da

碰，相撞，邂逅，偶然相遇，對眼　動詞

우연히 그와 마주쳤어요.

u yeon hi geu wa ma ju chyeo seo yo

偶然和他相遇。

마중 ma jung　接，迎接，出迎　名詞

그를 마중하러 공항에 갔어요.

geu reul ma jung ha reo gong hang e ga seo yo

我去機場接他。

마지막 ma ji mak

最終，最後，終局　名詞

마지막 열차를 놓쳤어요.

ma ji mak gyeol cha reul lo chyeo seo yo

錯過了最後一班列車。

마차 ma cha　馬車　名詞

마차가 와서 신데렐라를 태워갔어요.

ma cha ga wa seo sin de rel la reul tae woe ga seo yo

馬車來了，把仙杜瑞拉載走了。

마찬가지 ma chan ga ji

同樣，一樣，一般　名詞

이거나 그거나 마찬가지잖아요.

i geo na geu geo na ma chan ga ji ja na yo

這個那個還不是都一樣。

마찰 ma chal

摩擦，衝突，對立　名詞

회사와 마찰이 있었어요.

hoe sa wa ma cha ri i seo seo yo

和公司有了摩擦。

마취 ma chwi 麻醉 名詞

마취에서 깨어났어요.

ma chwi e seo kkae eo na seo yo

從麻醉中醒來。

마치 ma chi 好像，有如 副詞

마치 구름 위를 걷는 것 같았어요.

ma chi gu reum wi reul geot neun geot ga ta seo yo

好像漫步在雲端。

마치다 ma chi da 結束，做完 動詞

일 마치고 전화할게요.

il ma chi go jeon hwa hal ge yo

事情告一段落我就打電話給你。

마침 ma chim 恰，恰恰，恰好 副詞

마침 잘 왔어요.

ma chim jal wa seo yo

真是來得好。

마침내 ma chim nae
終於，最後，到底 副詞

마침내 봄이 왔어요.

ma chim nae bo mi wa seo yo

春天終於來了。

마흔 ma heun 四十 數詞，冠形詞

내년이면 마흔이에요.

nae nyeon i myeon ma heu ni e yo

明年就四十歲了。

막내 mang nae

老么，最小的孩子　名詞

그는 부잣집 막내예요.

geu neun bu jat jip mangnae ye yo

他是有錢人家的么子。

막다 mak da　擋，攔，阻　動詞

냄새가 심해서 코를 막고 다녔어요.

naem sae ga shim hae seo ko reul mak go da nyeo seo yo

味道太重所以捏著鼻子走過去。

막대기 mak dae gi

棒，杆子，竿　名詞

나무 막대기로 칠판을 두드렸어요.

na mu mak dae gi ro chil pan eul du deu ryeo seo yo

用木棒敲黑板。

막막하다 mak mak ha da

孤寂，孤獨，茫然　形容詞

길을 몰라서 막막했어요.

gil reul mol la seo mak mak hae seo yo

不知道路所以茫茫然。

막상 mak sang 真，實際　副詞

화가 나서 집을 나왔는데 막상 갈 곳이 없었어요.

hwa ga na seo ji beul la wat neun de mak sang gal go si eop seo seo yo

生氣所以離家出走實際上無處可去。

막히다 ma ki da

堵塞，不通，閉塞　動詞

숨이 막혀요.

sum i ma khyeo yo

呼吸堵住了。悶住了。

만나다 man na da
趕上，碰面，見面 動詞

만나서 얘기해요.
man na seo yae gi hae yo
見面再談。

만두 man du 餃子，包子 名詞
점심으로 만두를 먹기로 했어요.
jeom si meu ro man du reul meok gi ro hae seo yo
午餐吃了水餃。

만들다 man deul da
造成，作，製造 動詞

쿠키를 만들어 봤어요.
ku ki reul man deu reo bwa seo yo
我試做了餅乾。

만족하다 man jo ka da
滿足，滿意 動詞，形容詞

지금 생활에 만족해요.
ji geum saeng hwa re man jo kae yo
我對現在的生活很滿足。

만지다 man ji da

弄，摸，撫摸 動詞

천이 부드러워요. 한번 만져보세요.

cheo ni bu deu reo woe yo han beon man jyeo bo se yo

這布料很柔軟。你摸摸看。

만화 man hwa

漫畫，卡通，動畫 名詞

애들에게 만화가 인기예요.

ae deu re ge man hwa ga in gi ye yo

漫畫很受小孩子們的歡迎。

많다 man ta 多 形容詞

그는 경험이 많아요.

geu neun gyeong heo mi ma na yo

他的經驗豐富。

많이 ma ni 多 副詞

많이 드세요.

ma ni deu se yo

請多吃一點。

말 mal

說，說話，言語；末；馬　名詞

말과 글을 배워요.

mal gwa geu reul bae woe yo

學說話和寫字。

8월 말에 귀국했어요.

pal wol ma re gwi gu kae seo yo

8月底的時候歸國了。

말 타 본 적 있어요?

mal ta bon jeok gi seo yo

你有騎過馬嗎?

말씀 mal sseum

話，話語，言語　名詞

또 하실 말씀 있으신가요?

tto ha sil mal sseum i seu sin ga yo

請問您還有要說的話嗎?

말투 mal tu

口氣，口吻，口鋒　名詞

차분한 말투로 말했어요.

cha bun han mal tu ro mal hae seo yo

以著很冷靜的口氣說話。

말하다 mal ha da

說道，說，說話 動詞

어서 가자고 말했어요.

eo seo ga ja go mal hae seo yo

他說我們趕快走吧。

맑다 mak da

明澈，清亮，清瑩 形容詞

산에 가면 맑은 공기를 마실 수 있어요.

san e ga myeon mal geun gong gi reul ma sil su i seo yo

去山上的話可以呼吸新鮮的空氣。

맛 mat 味，口味，口道 名詞

너무 뜨거워서 맛을 모르겠어요.

neo mu tteu geo woe seo ma seul mo reu ge seo yo

太燙了，嚐不出什麼味道。

맛보다 mat bo da

嚐，品味，嚐鮮 動詞

이 음식을 좀 맛보세요

i eum si geul jom mat bo se yo

你嚐嚐看這道菜的味道。

맛없다 mat eop da

没味兒，難吃，無味，不好吃 形容詞

맛 없어요.

mat eop seo yo

不好吃。

맛있다 ma sit da

好吃，有味兒 形容詞

맛있는 거 먹으러 가요.

ma sit neun geo meo geu reo ga yo

我們去吃好吃的吧。

망설이다 mang seo ri da

猶豫，遊移，猶疑 動詞

대답을 망설였어요.

dae da beul mang seo ryeo seo yo

對於回覆我猶豫了一下。

망원경 mang won gyeong

望遠鏡 名詞

망원경으로 별을 자세히 봤어요.

mang won gyeong eu ro byeo reul ja se hi bwa seo yo

我用望遠景仔細地看星星了。

망치다 mang chi da

弄壞，糟糕，糟蹋 動詞

일을 망쳤어요.

i reul mang chyeo seo yo

把事情搞砸了。

망하다 mang ha da

倒，敗，完了，完蛋 動詞

하던 장사가 망했어요.

ha deon jang sa ga mang hae seo yo

經營的生意倒了。

맞다 mat da

不錯，對，是；對準；迎接；挨打，中
動詞

밖으로 나와 손님을 맞고 있어요.
ba kkeu ro na wa son ni meul mat go i seo yo
出來外面迎接客人。

엄마 말이 맞아요.
eom ma ma ri ma ja yo
媽媽的話沒有錯。

깡패에게 맞았어요.
kkang pae e ge ma ja seo yo
被流氓打了。

맞서다 mat seo da

作對，對立　動詞

의견이 팽팽히 맞서고 있어요.
ui gyeon i paeng paeng hi mat seo go i seo yo
雙方的意見緊張地對立。

MP3 086

맞이하다 ma ji ha da
接應，迎接 動詞

새해를 맞이해서 새롭게 결심했어요.
sae hae reul ma ji hae seo sae rop ge gyeol shim hae seo yo
迎接新年也下定了新的決心。

맞추다 mat chu da 中，對 動詞

그는 리듬에 맞추어 춤을 추었다.
geu neun li deume mat chu eo chu meul chu eot da
他對準節奏跳舞。

맡기다 mat gi da
交付，交給；存，寄，存在，存放 動詞

아들에게 회사를 맡겼어요.
a deu re ge hoe sa reul mat gyeo seo yo
把公司交給兒子了。

은행에 돈을 맡겼어요.
eun haeng e do neul mat gyeo seo yo
把錢存到銀行了。

맡다 mat da

聞，嗅；承擔，擔當　動詞

타는 냄새를 맡았어요.

ta neun naem sae reul ma ta seo yo

我聞到燒焦的味道。

새 프로젝트를 맡았어요.

sae peu ro jek teu reul ma ta seo yo

我接了一個新的企劃。

ㅁ

매다 mae da

綁，繫上，打結　形容詞

그는 출근하려고 넥타이를 매었어요.

geu neun chul geun ha ryeo go nek ta i reul mae eo seo yo

他打了領帶要去上班。

매년 mae nyeon

每年，年年　名詞，副詞

매년 교사 평가가 있어요.

mae nyeon gyo sa pyeong ga ga i seo yo

每年都有教師評鑑。

MP3 087

매니저 mae ni jeo 經理，總管 名詞

저 사람이 이 매장의 매니저예요.

jeo sa ra mi i mae jang ui mae ni jeo ye yo

那個人士這個賣場的經理。

매듭짓다 mae deup jit da

結束，結尾；妥商，說妥 動詞

일을 잘 매듭지어 주세요.

i reul jal mae deup ji eo ju se yo

請把事情做一個結尾。

매력 mae ryeok 魅力，吸引力 名詞

매력 있어요.

mae ryeok gi seo yo

很有魅力。

매미 mae mi 蟬，知了 名詞

매미가 요란하게 울어요.

mae mi ga yo ran ha ge u reo yo

蟬很吵鬧地在鳴叫。

매실 mae sil 梅，梅子 名詞

이 음식은 매실 소스로 맛을 냈어요.

i eum si geun mae sil so seu ro ma seul lae seo yo

這道菜用梅子醬料調味。

매우 mae u 非常 副詞

작품이 매우 독창적이네요.

jak pu mi mae u dok chang jeo gi ne yo

這作品非常有獨創性。

매일 mae il 每天，天天 名詞，副詞

그는 매일마다 같은 음식을 먹어요.

geu neun mae il ma da ga teun eum si geul meo geo yo

他每天都吃一樣的東西。

매체 mae che 媒體 名詞

대중 매체에서 그를 자주 볼 수 있어요.

dae jung mae che e seo geu reul ja ju bol su i seo yo

大大眾媒體上常常可以看到他。

맨발 maen bal
赤腳，光腳，赤足 名詞

아이가 맨발로 걸어 다녀요.
a i ga maen bal lo geo reo da nyeo yo
孩子光著腳走路。

맴돌다 maem dol da
打轉，兜，盤旋 動詞

그 말이 자꾸 머릿속에 맴돌아요.
geu ma ri ja kku meo rit so ge maem do ra yo
那句話總在腦中盤旋。

맵다 maep da 辣 形容詞

매운 떡볶이를 먹었어요.
mae un tteok bo kki reul meo geo seo yo
我吃了辣的炒年糕。

맵시 maep si 姿，俏，俏麗 名詞

그는 옷차림이 단정하고 맵시 있어요.
geu neun ot cha ri mi dan jeong ha go maep si i seo yo
他的衣著端正又有型。

맹세 maeng se
發誓，起誓，立誓　名詞

맹세는 하지 마세요.

maeng se neun ha ji ma se yo

請不要發誓。

머나멀다 meo na meol da
非常遙遠　形容詞

그는 머나먼 나라에서 왔어요.

geu neun meo na meon na ra e seo wa seo yo

他是從很遙遠的國家來的。

머리 meo ri　頭，頭腦　名詞

머리가 좋아요.

meo ri ga jo a yo

頭腦很好。

머리띠 meo ri tti　髮箍，髮帶　名詞

머리띠가 예뻐요.

meo ri tti ga ye ppeo yo

髮箍很漂亮。

머리카락 meo ri ka rak 頭髮 名詞

흰 머리카락이 났어요.

huin meo ri ka ra gi na seo yo

長出白髮了。

머무르다 meo mu reu da

停，停留 動詞

그는 미국에 며칠 머물렀어요.

geu neun mi gu ge myeo chil meo mul leo seo yo

他停留在美國幾天。

머슴 meo seum

長工，雇工，佣人 名詞

머슴 부리듯 일을 시켰어요.

meo seum bu ri deut i reul si kyeo seo yo

像是使喚傭人一樣叫人做事。

머지않아 meo ji an na

不久，即將 形容詞

머지않아 좋은 소식이 올 거에요.

meo ji an na jo eun so si gi ol geo e yo

不久將會有好消息傳來。

먹구름 meok gu reum
烏雲，黑雲 名詞

먹구름이 몰려오는 걸 보니 비가 오겠어요.
meok gu reu mi mol lyeo o neun geol bo ni bi ga o ge seo yo
看到烏雲聚集過來，應該要下雨了。

먹다 meok da 吃 動詞
많이 먹어요.
ma ni meo geo yo
多吃一點。

먹을거리 meo geul geo ri
吃的東西 名詞

먹을거리가 풍부해요.
meo geul geo ri ga pung bu hae yo
吃的東西很豐盛。

먹이다 meo gi da 餵食，養活 動詞
돼지에게 먹이를 먹였어요.
dwae ji e ge meo gi reul meo gyeo seo yo
餵豬吃東西。

ㅁ

먹히다 meo ki da 被吃，需要 動詞

아프니까 밥이 잘 먹히지 않아요.

a peu ni kka ba bi jal meo ki ji a na yo

生病了所以飯吃不太下。

먼저 meon jeo 首先 名詞，副詞

먼저 출발할게요.

meon jeo chul bal hal ge yo

我先出發囉。

먼지 meon ji 灰，塵，灰塵 名詞

가게 안에 먼지가 많아요.

ga ge a ne meon ji ga ma na yo

店裡面灰塵很多。

멀다 meol da 遠，遙遠 動詞

집에서 시장까지는 거리가 멀어요.

ji be seo si jang kka ji neun geo ri ga meo reo yo

家距離市場很遠。

멀리하다 meol li ha da 遠離 動詞

그는 술과 마약을 멀리하고 운동을 했어요.

geu neun sul gwa ma ya geul meol li ha go un dong eul hae seo yo

他遠離酒和毒品開始運動。

멀미 meol mi 暈 名詞

배를 타면 멀미를 해요.

bae reul ta myeon meol mi reul hae yo

搭船頭暈。

멀쩡하다 meol jjeong ha da

完全沒事，好端端 形容詞

차가 뒤집어졌는데 그는 멀쩡했어요.

cha ga dwi ji beo jyeot neun de geu neun meol jjeong hae seo yo

車子翻過來了，他卻沒事。

멈추다 meom chu da
停，停歇 動詞

신호가 바뀌자 차들이 멈추었어요.
sin ho ga ba kkwi ja cha deu ri meom chu eo seo yo
交通號誌一變，車子都停下來。

멋 meot 風姿，風度，情味 名詞
그는 멋을 잔뜩 부렸어요.
geu neun meo seul jan tteuk bu ryeo seo yo
他精心地打扮。

멋대로 meot dae ro
隨心所欲，隨便，隨意 副詞

네 멋대로 해라.
ne meot dae ro hae ra
隨你高興做吧。

멋있다 meo sit da
帥氣，英俊 形容詞

그는 멋있는 사람이에요.
geu neun meo sit neun sa ra mi e yo
他是很英俊的人。

멋쟁이 meot jaeng i
摩登女郎，時髦公子，愛打扮的人，帥哥

名詞

신랑이 정말 멋쟁이네요.
sin lang i jeong mal meot jaeng i ne yo
新郎真是個大帥哥。

멋지다 meot ji da 帥，漂亮 形容詞
경치가 멋지네요.
gyeong chi ga meot ji ne yo
景色真是漂亮。

멍들다 meong deul da
瘀血，瘀青 動詞

부딪힌 곳이 멍들었어요.
bu dit chin go si meong deu reo seo yo
撞到的地方瘀青了。

멎다 meot da 停止 動詞
그때 심장이 멎었어요.
geu ttae shim jang i meo jeo seo yo
那時心臟停止了。

ㅁ

며느리 myeo neu ri 媳婦 名詞

며느리를 잘 들어왔어요.

myeo neu ri reul jal deu reo wa seo yo

娶了媳婦進門。

몇 myeot 幾，多少 代名詞，冠形詞

나이가 몇이에요?

na i ga myeo chi e yo

您幾歲?

구두가 몇 켤레예요?

gu du ga myeot kyeol le ye yo

有多少雙鞋？

모래 mo rae 沙，沙子 名詞

해변에서 모래 위에 그림을 그렸어요.

hae byeon e seo mo rae wi e geu ri meul geu ryeo seo yo

我在海邊沙灘上畫畫。

모레 mo re 後天 名詞

대입이 모레로 다가왔어요.

dae i bi mo re ro da ga wa seo yo

大學入學考試就在後天了。

모르다 mo reu da
不知道，不曉得　動詞

내일은 어떻게 될지 몰라요.
nae i reun eo tteo ke doel ji mol la yo
不知道明天會變得如何。

모시다 mo si da　侍奉，照顧　動詞

할머니를 모시고 살아요.
hal meo ni reul mo si go sa ra yo
我侍奉奶奶來生活。

모으다 mo eu da　集，聚　動詞

사람들을 모았어요.
sa ram deu reul mo a seo yo
把人們聚集過來。

모자라다 mo ja ra da
少，缺，差　動詞

준비한 음식이 모자라요.
jun bi han eum si gi mo ja ra yo
準備的食物不夠。

목 mok 頸，脖子 名詞

기린은 목이 길어요.

gi ri neun mo gi gi reo yo

長頸鹿的脖子很長。

목숨 mok sum 氣息，生命 名詞

그는 물에 빠진 사람의 목숨을 구했어요.

geu neun mu re ppa jin sa ram ui mok su meul gu hae seo yo

他救了溺水之人的性命。

몰다 mol da 趕，驅，駕 動詞

그는 배를 몰었어요.

geu neun bae reul mo reo seo yo

他開了船。

몰리다 mol li da

被趕，被困住 動詞

도망치던 쥐는 구석에 몰렸어요.

do mang chi deon jwi neun gu seo ge mol lyeo seo yo

逃跑的老鼠被困在角落裡。

몸 mom 身體，身軀，人 名詞

피곤하면，몸을 쉬어줘야 해요.

pi gon ha myeon mo meul swi eo jwo ya hae yo

如果累了，就要給你的身體休息。

못 mot

不（在動詞的前面，表示否定） 副詞

그렇게 밖에 말을 못하다니，정말 못났어요.

geu reo ke bak kke ma reul mo ta da ni jeong mal mon na seo yo

只說得出這種話，真沒出息。

못하다 mo ta da

不會，莫 動詞，形容詞

사람은 한 치 앞을 내다보지 못해요.

sa ra meun han chi a peul lae da bo ji mo tae yo

人連一寸以外的未來也無法預測。人對於接下來將會發生的事無法知道。

ㅁ

무겁다 mu geop da
種，沉重 形容詞

남동생은 입이 무거워요.
nam dong saeng eun i bi mu geo woe yo
我的弟弟口風很緊。

무너지다 mu neo ji da 塌落 動詞
홍수로 산이 무너졌어요.
hong su ro sa ni mu neo jyeo seo yo
洪水把山沖倒了。

무르다 mu reu da
熟透；退掉；軟弱，脆弱，嬌嫩 動詞

끌려 다니기만 하다니 , 그는 너무 물러요.
kkeul lyeo da ni gi man ha da ni geu neun neo mu mul leo yo
他只是被帶來帶去，太軟弱了。

무릎 mu reup 膝蓋 名詞
그는 결국 무릎을 꿇었어요.
geu neun gyeol guk mu reu peul kku reo seo yo
他終於跪下了。

무섭다 mu seop da
可怕，驚人 形容詞

어둠이 무서워요.
eo du mi mu seo woe yo
黑暗好可怕。

무엇 mu eot (= 뭐mwo)
什麼，何 代名詞

필요한 건 뭐든지 말하세요.
pil ryo han gcon mwo deun ji mal ha se yo
需要什麼儘管說。

묵다 muk da 停留，住宿 動詞
여관에 묵었어요.
yeo gwa ne mu geo seo yo
我住在旅館裡。

묶다 muk da 栓，繫 動詞
짐을 끈으로 꽁꽁 묶어놓았어요.
ji meul kkeun eu ro kkong kkong mu kkeo no a seo yo
用繩子把行李緊緊地綁住。

문 mun 門 名詞

문을 꼭 잠그고 자요.
mu neul kkok jam geu go ja yo
一定要鎖門再睡覺。

묻다 mut da

詢問，追究，埋，沾 動詞

얼굴에 뭐가 묻었어요.
eol gu re mwo ga mu deo seo yo
有東西沾到你臉上了。

보물을 땅속에 묻었어요.
bo mu reul ttang so ge mu deo seo yo
寶物藏在地裡。

주인에게 가격을 물었어요.
ju i ne ge ga gyeo geul mu reo seo yo
向主人問價格。

물 mul 水 名詞

물을 자주 마셔야 건강해요.
mu reul ja ju ma syeo ya geon gang hae yo
要常常喝水才會健康。

물다 mul da 咬，叮，叼，繳 動詞

모기가 자꾸 물어요.
mo gi ga ja kku mu reo yo
蚊子常常叮我。

벌금을 물었어요.
beol geu meul mu reo seo yo
繳了罰金。

물리다 mul li da
膩，厭倦，被…咬，被…叮 動詞

산에 갔다가 독사에게 물렸어요.
san e gat da ga dok sa e ge mul lyeo seo yo
去山上被毒蛇咬了。

일주일 동안 고기만 먹어서 이젠 물렸어요.
il ju il dong an go gi man meo geo seo i jen mul lyeo seo yo
一整個星期一直吃肉，現在膩了。

그는 물려받은 재산이 많아요.
geu neun mul lyeo ba deun jae sa ni ma na yo
他繼承了很多的財產。

미치다 mi chi da 瘋，狂 動詞

그는 미쳐서 정신 병원으로 들어갔어요.
geu neun mi chyeo seo jeong sin byeong won eu ro deu reo ga seo yo
他瘋了所以進去精神病院。

그는 컴퓨터에 미쳐서 결국 큰 컴퓨터 회사를 만들었어요.
geu neun keom pyu teo e mi chyeo seo gyeol guk keun keom pyu teo hoe sa reul man deu reo seo yo
他對電腦瘋狂，結果開創了很大的電腦公司。

믿다 mit da 相信，信靠 動詞

저는 엄마의 말을 믿어요.
jeo neun eom ma ui ma reul mi deo yo
我相信媽媽的話。

밀다 mil da 推，刮，刨 動詞

뒤에서 밀지 마세요.
dwi e seo mil ji ma se yo
不要在後面推。

일주일에 한 번 때를 밀어요.
il ju i re han beon ttae reul mi reo yo
一星期搓一次澡。

밉다 mip da 難看，討厭 形容詞

그런 행동을 하는 사람이 미워요.

geu reon haeng dong eul ha neun sa ra mi mi woe yo

真討厭那樣行動的人。

밑 mit 下面，底下 名詞

수건은 바로 탁자 밑에 있어요.

su geo neun ba ro tak ja mi te i seo yo

毛巾就在桌子下面。

ㅁ

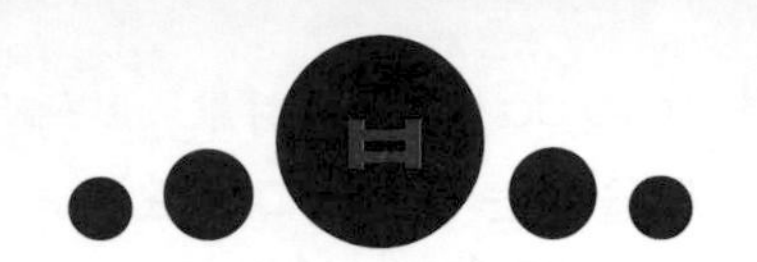

바꾸다 ba kku da 換 動詞

오래된 식탁보를 새 것으로 바꾸었어요.

o rae doen sik tak bo reul sae geo seu ro ba kku eo seo yo

用很久的桌巾換成新的了。

바늘 ba neul 針 名詞

이불을 꿰맬 때 쓸 바늘이 필요해요.

i bu reul kkwe mael ttae sseul ba neu ri pil ryo hae yo

我需要縫被子用的針。

바다 ba da 海，海洋，大海 名詞

바다에서 요트를 타고 놀았어요.

ba da e seo yo teu reul ta go no ra seo yo

在海上乘遊艇玩。

바닥 ba dak 地，地面 名詞

바닥이 더러워요.
ba da gi deo reo woe yo
地板很髒。

빵이 바닥났어요.
ppang i ba dak na seo yo
麵包沒了。

바라다 bar a da 希望，期盼 動詞

빨리 회답을 해 주시기 바랍니다.
ppal li hoe da beul hae ju si gi ba ram ni da
希望速賜回音。

바라보다 ba ra bo da 看，望 動詞

밝은 달을 바라보고 있어요.
bal geun da reul ba ra bo go i seo yo
望著皎潔明月。

그는 이제 나이 60을 바라보고 있어요.
geu neun i je na i ye sun eul ba ra bo go i seo yo
他現在正要進入六十歲。

바람 ba ram 風 名詞

바람이 많이 불고 있어요.
ba ram mi ma ni bul go i seo yo
很多風。

바람 쐬러 나갔다 올게요.
ba ram ssoe reo na gat da ol ge yo
我出去透透氣就回來。

바로 ba ro

就是，正是；馬上；一直；筆直，端正
副詞

눕자마자 바로 잠들었어요.
nup ja ma ja ba ro jam deu reo seo yo
一躺下馬上睡著。

바로 앉으세요.
ba ro an jeu se yo
請坐好。

바르다 ba reu da

塗，抹，敷；端正，挺直 動詞，形容詞

얼굴에 화장품을 발랐어요.

eol gu re hwa jang pu meul bal la seo yo

在臉上塗化妝品。

그는 바른 말을 했어요.

geu neun ba reun ma reul hae seo yo

他說出公道話了。

바쁘다 ba ppeu da

忙，緊張 形容詞

연말이라 바빠요.

yeon ma ri ra ba ppa yo

年末了所以很忙。

바지 ba ji 褲子 名詞

열심히 춤 추다가 바지가 흘러내렸어요.

yeol shim hi chum chu da ga ba ji ga heul leo nae ryeo seo yo

努力的跳舞，結果褲子掉下來了。

ㅂ

바치다 ba chi da 獻上，交付 動詞

군인들은 나라를 위해 전쟁에서 목숨을 바쳤어요.
gun in deu reun na ra reul wi hae jeon jaeng e seo mok su meul ba chyeo seo yo
軍人們為了國家付出性命上戰場。

박다 bak da 鑲嵌，釘 動詞

벽에 못을 박았어요.
byeo ge mo seul ba ga seo yo
將釘子釘在牆上。

그는 절대 안 된다고 못박아 말했어요.
geu neun jeol dae an doen da go mot ba ga mal hae seo yo
他斬釘截鐵地說不行。

밖 bak 外，外面 名詞

건물 밖이 시끄러웠어요.
geon mul ba kki si kkeu reo wo seo yo
建築物外面很吵。

너 밖에 있어.
neo ba kke i sseo
你待在外面。

반드시 ban deu si 一定 副詞

반드시 참석하겠습니.

ban deu si cham seok ha get seum ni da

我一定會參加。

받다 bat da 收到，接到；頂撞 動詞

생일 선물을 받았어요.

saeng il seon mu reul ba da seo yo

我收到生日禮物了。

소가 사람을 머리로 받아버렸어요.

so ga sa ra meul meo ri ro ba da beo ryeo seo yo

牛用頭撞人。

MP3 100

받치다 bat chi da 托，承，配 動詞

그가 쟁반에 물컵을 받치고 왔어요.

geu ga jaeng ba ne mul keo beul bat chi go wa seo yo

他拿著托盤端水來了。

흰 옷을 안에 바쳐 입으면 잘 어울려요.

huin o seul an e ba chyeo i beu myeon jal reo wool ryeo yo

裡面配上白色衣服，很搭。

그가 아들의 뒤를 든든하게 받쳐주고 있어요.

geu ga a deu rui dwi reul deun deun ha ge bat chyeo ju go i seo yo

他穩穩地扶助兒子的背。

발 bal 腳 名詞

발로 공을 찼어요.

bal lo gong eul cha seo yo

用腳踢球。

밝다 bak da

亮，明亮，光明，明朗；通達 形容詞

밝은 빛이 보였어요.

bal geun bi chi bo yeo seo yo

看到明亮的光。

그는 계산에 밝아요.

geu neun gye sa ne bal ga yo

他對計算很精明。

밝히다 bak hi da

使…明亮；顯明 動詞

손전등으로 어두운 방을 밝혔어요.

son jeon deung eu ro eo du un bang eul ba kyeo seo yo

用手電筒，讓漆黑的房間變亮。

그는 신분을 밝히지 않았어요.

geu neun sin bu neul ba ki ji a na seo yo

他沒有透漏他的身分。

밤 bam 夜晚，夜間 名詞

학생들이 밤을 새우며 공부해요.

hak saeng deu ri ba meul sae u myeo gong bu hae yo

學生們熬夜念書。

밥 bap 飯 名詞

그는 스스로 밥을 챙겨 먹었어요.

geu neun seu seu ro ba beul chaeng gyeo meo geo seo yo

他自己準備飯來吃。

방 bang 房間 名詞

방이 좁아요.

bang i jo ba yo

房間很窄。

방망이 bang mang i 棒子，棍子 名詞

야구 선수가 방망이를 잘못 휘둘러서 공을 놓쳤어요.

ya gu seon su ga bang mang i reul jal mot twi dul leo seo gong eul lo chyeo seo yo

棒球選手揮棒落空。

밭 bat 旱田，旱地 名詞

밭에 채소를 심었어요.

ba te chae so reul si meo seo yo

在田裡種蔬菜。

배 bae 肚子；船 名詞

임신한 부인의 배가 불러와요.

im sin han bu in ui bae ga bul leo wa yo

懷孕的婦人肚子凸出來。

배를 타고 가서 낚시를 했어요.

bae reul ta go ga seo nak si reul hae seo yo

搭船去釣魚了。

ㅂ

배꼽 bae kkop 肚臍 名詞

이야기가 웃겨서 배꼽을 잡고 웃었어요.

i ya gi ga ut gyeo seo bae kko beul jap go u seo seo yo

故事太好笑，所以捧腹大笑。

배다 bae da

浸透，滲入；懷孕 動詞

옷에 음식 냄새가 배었어요.
o se eum sik naem sae ga bae eo seo yo
衣服沾到食物的味道了。

소가 새끼를 배었어요.
so ga sae kki reul bae eo seo yo
牛懷了小牛。

배우다 bae u da 學，學習 動詞

운전을 배웠어요.
un jeo neul bae wo seo yo
我學了開車。

뱉다 baet da 吐出 動詞

달면 삼키고 쓰면 뱉는다.
dal myeon sam ki go sseu myeon baet neun da
需要別人時就利用親近，不需要時就把別人丟掉不聯絡。(字義： 甜的就吞下，苦的就吐出來。形容很現實的人。)

버리다 beo ri da 丟掉 動詞

쓰레기를 휴지통에 버려요.
sseu re gi reul hyu ji tong e beo ryeo yo
把垃圾丟在垃圾桶。

흙이 묻어서 새 옷을 다 버렸어요.
heuk gi mu deo seo sae o seul da beo ryeo seo yo
泥土沾壞了新衣服。

버티다 beo ti da

對抗，抗衡，堅持；一動不動 動詞

힘들었지만 잘 버텼어요.
him deul reot ji man jal beo tyeo seo yo
雖然累，但堅持下來了。

번개 beon gae 閃電 名詞

천둥소리와 함께 번개가 번쩍였어요.
cheon dung so ri wa ham kke beon gae ga beon jjeo gyeo seo yo
隨著雷鳴，打了閃電。

ㅂ

번지다 beon ji da
蔓延，擴大，傳開 動詞

눈물을 흘려서 화장이 번졌어요.
nun mu reul heul lyeo seo hwa jang i beon jyeo seo yo
流淚了所以妝花掉了。

소문이 금세 번졌어요.
so mu ni geum se beon jyeo seo yo
傳言迅速蔓延。

벌다 beol da 賺 動詞

그 집은 아들이 혼자 생활비를 벌어요.
geu ji beun a deul ri hon ja saeng hwal bi reul beo reo yo
那一家的兒子一個人賺生活費。

벌레 beol le 蟲，蟲子，蟲蟻 名詞

산에 오니 벌레가 많이 보여요.
sa ne o ni beol le ga ma ni bo yeo yo
來到山中看到很多蟲。

그 애는 공부벌레예요.
geu ae neun gong bu beol le ye yo
那個人是讀書蟲。

벌리다 beol li da
展開，張開 動詞

팔을 벌려 안았어요.
pa reul beol lyeo a na seo yo
張開雙臂擁抱。

벌써 beol sseo 早，就，已經 副詞

수업이 벌써 시작됐어요.
su eo bi beol sseo si jak dwae seo yo
已經開始上課了。

ㅂ

벌어지다 beol reo ji da
裂，開，裂開 動詞

좋아서 입이 벌어졌어요.
jo a seo i bi beo reo jyeo seo yo
高興到合不攏嘴。

벌이다 beo ri da

展開，進行，開始 動詞

그는 다 하지도 못할 일들을 벌여 놓았어요.

geu neun da ha ji do mot tal ril deu reul beo ryeo no a seo yo

他開始進行做不完的事情。

벗기다 beot gi da

(使，把，幫)脫，剝，扒 動詞

아기 신발을 벗겼어요.

a gi sin ba reul beot gyeo seo yo

把小孩的鞋脫掉了。

벗다 beot da 脫，摘，寬 動詞

모자를 벗었어요.

mo ja reul beo seo seo yo

脫掉帽子了。

벗겨지다 beot gyeo ji da

鬆脫，掉下來，洗雪 動詞

안경이 자꾸 벗겨져요.

an gyeong i ja kku beot gyeo jyeo yo

眼鏡老是掉下來。

베개 be gae 枕，枕頭 名詞

아이가 베개를 베고 자요.

a i ga be gae reul be go ja yo

孩子枕著枕頭睡覺。

ㅂ

베다 be da 枕，切，割 動詞

자두를 한입 베어 물었어요.

ja du reul han ip be eo mul reo seo yo

咬了一口李子。

베풀다 be pul da

擺設，舉行，施予 動詞

잔치를 베풀었어요.
jan chi reul be pu reo seo yo
舉辦了宴會。

큰 은혜를 베푸신 선생님께 감사 드려요.
keun eun hye reul be pu sin seon saeng nim kke gam sa deu ryeo yo
向施予大恩惠的老師獻上感謝。

벼 byeo 禾，稻，稻谷 名詞

벼는 익을수록 고개를 숙인다.
byeo neun i geul su rok go gae reul su gin da
越成熟的稻穗越往下垂。

벼락 byeo rak 雷，霹靂，霆 名詞

나무가 벼락을 맞았어요.
na mu ga byeo ra geul ma ja seo yo
樹木被雷劈到。

벼르다 byeo reu da

打算，準備，憋 動詞

이번에는 반드시 이기려고 벼르고 있었는데 경기가 취소되고 말았어요.

i beo ne neun ban deu si i gi ryeo go byeo reu go i seot neun de gyeong gi ga chwi so doe go ma ra seo yo

這次已經做好必勝的準備，結果比賽竟然取消。

별 byeol 星，星星，星斗 名詞

밤하늘에 반짝이는 별을 쳐다봤어요.

bam ha neu re ban jja gi neun byeo reul chyeo da bwa seo yo

看著夜空一閃一閃的星星。

보내다 bo nae da

發送，寄，派遣，度過 動詞

친구에게 선물을 보냈어요.

chin gue ge seon mureul bo naeseo yo

我寄給朋友禮物。

보다 bo da

看，觀看，觀察，探望；比，更；考 動詞

그는 꿈에 돼지를 보고 나서 복권을 샀어요.

geu neun kku me dwae ji reul bo go na seo bok gwo neul sa seo yo

他夢見了豬於是去買彩券。(註： 韓國人認為如果夢到豬，表示會發財。)

동물원에서 코끼리를 봤어요.

dong mu rwon e seo ko kki ri reul bwa seo yo

我在動物園裡看見大象了。

공무원 시험을 봤어요.

gong mu won si heo meul bwa seo yo

我去考國考了。

보이다 bo i da

看見，看到；給，看，讓…看 動詞

바닷물이 맑아서 바닥이 다 보여요.

ba dat mu ri mal ga seo ba da gi da bo yeo yo

海水很清澈連地面都看得到。

보채다 bo chae da
鬧，纏，磨，催，糾纏 動詞

보채지 마세요.

bo chae ji ma se yo

不要纏著我。

볶다 bok da 炒；纏，折騰 動詞

프라이팬에 고기와 야채를 볶아 먹었어요.

peu ra i pae ne go gi wa ya chae reul bo kka meo geo seo yo

用平底鍋炒肉和菜來吃。

볼 bol 臉頰，面頰 名詞

소녀가 부끄러워서 볼이 붉어졌어요.

so nyeo ga bu kkeu reo woe seo bo ri bul geo jyeot seoyo

少女害羞得臉頰紅了。

이 구두는 볼이 좁아서 발이 아파요.

i gu du neun bo ri jo ba seo ba ri a pa yo

皮鞋的寬度很窄所以腳痛。

ㅂ

봄 bom 春，春天 名詞

따뜻한 봄이에요.

tta tteut tan bo mi e yo

真是溫暖的春天。

부끄럽다 bu kkeu reop da

害羞，有愧 形容詞

부끄러워서 말도 못했어요.

bu kkeu reo woe seo mal do mot tae seo yo

害羞到說不出話來。

부드럽다 bu deu reop da

溫柔，柔軟 形容詞

부드러운 말투에 마음이 놓였어요.

bu deu reo un mal tu e ma eu mi no yeo seo yo

溫柔的語氣使人放心。

부딪치다 bu dit chi da

沖，撞 動詞

급하게 뛰어가다가 벽에 부딪쳤어요.

geup pa ge ttwi eo ga da ga byeo ge bu dit chyeo seo yo

跑太急，撞到牆。

부러지다 bu reo ji da 折，斷 動詞

나뭇가지가 부러졌어요.

na mut ga ji ga bu reo jyeo sseo yo

樹枝被折斷了。

ㅂ

부르다 bu reu da

飽，呼喚，呼叫 動詞

배가 너무 불러서 못 먹겠어요.

bae ga neo mu bul leo seo mot meok ge sseo yo

我太飽了，吃不下了。

택시를 불렀어요.

taek si reul bul leo sseo yo

已經叫了計程車。

부리다 bu ri da

劳役，使喚；耍，玩；撒，惹 動詞

사장이 직원들을 너무 부려먹어요.

sa jang i jik gwon deul reul neo mu bu ryeo meok geo yo

老闆太過使喚職員了。

아이가 애교를 부려요.

a i ga ae gyo reul bu ryeo yo

孩子撒嬌。

부모 bu mo 父母 名詞

부모님은 어디 사시나요?

bu mo nim eun eo di sa si na yo

父母住在哪邊呢?

부서지다 bu seo ji da

打壞，毀，碎 動詞

바위가 부서졌어요.

ba wi ga bu seo jyeo sseo yo

岩石碎了。

부수다 bu su da

毀壞，打碎，損毀 動詞

오래된 집을 다 부수고 새로 지었어요.

o rae doen jip beul da bu su go sae ro ji eo sseo yo

把舊家打碎，蓋新的。

부시다 bu si da

刷，刷洗；耀眼，閃耀 動詞

빛 때문에 눈이 부셨어요.

bit ttae mu ne nu ni bu syeo seo yo

光非常耀眼。

부엌 bu eok 廚房 名詞

부엌에서 저녁 준비하고 있어요.

bu eok ke seo jeo nyeok jun bi ha go i sseo yo

在廚房準備晚餐。

부자 bu ja 富者，富翁 名詞

부자(富者)가 천국에 가기는 어려워요.
bu ja ga cheon guk ge ga gi neun eo ryeo woe yo
富翁很難進天國。

부자(父子)가 꼭 닮았네요.
bu ja ga kkok dam mat ne yo
父子真是像。

부지런하다 bu ji reon ha da
勤勞，勤勉 形容詞

그 친구는 부지런해서 집도 항상 깨끗해요.
geu chin gu neun bu ji reon hae seo jip do hang sang kkae kkeut tae yo
那位朋友很勤勞，所以家裡時常很乾淨。

부터 bu teo
打從，自從，由於，起 助詞

그날부터 둘이서 친하게 지냈어요.
geu nal bu teo dul ri seo chin ha ge ji nae sseo yo
從那天起兩個人變得親近起來。

부풀다 bu pul da 漲，膨脹 動詞

밀가루 반죽이 부풀었어요.

mil ga ru ban juk gi bu pul reo sseo yo

麵團膨脹了。

북쪽 book jjok 北邊，北方 名詞

북쪽으로 갈수록 추워요.

book jjok geu ro gal su rok chu woe yo

越往北越冷。

불 bul 火，燈 名詞

어두우니까 방에 불을 켜야겠어요.

eo du u ni kka bang e bul reul kyeo ya ge sseo yo

太暗了，房間得要開燈了。

이웃 집에 불이 났어요.

i ut jip be bul ri na sseo yo

鄰居家失火了。

불다 bul da 吹 動詞

바람이 불어요.
ba ra mi bul reo yo
風起了。

나팔을 불었어요.
na pal reul bul reo sseo yo
喇叭聲吹起。

불리다 bul li da

被叫做，號稱，稱為；泡，漲，增加

動詞

그는 어렸을 때 모범생으로 불렸어요.
geu neun eo ryeot seul ttae mo beom saeng eu ro bul lyeo sseo yo
他從小就被稱作模範生。

콩을 물에 불려요.
kong eul mul re bul lyeo yo
豆子泡在水裡。

붉다 buk da 紅，赤，丹 形容詞

고향집은 붉은 벽돌 집이었어요.

go hyang jip beun buk geun byeok dol jip bi eo sseo yo

故鄉的家是紅磚蓋的。

붐비다 bum bi da 擁擠，擠 動詞

좁은 골목 시장에 사람들로 붐비었어요.

jop beun gol mok si jang e sa ram deul lo bum bi eo sseo yo

狹小的市場裡，人們很擁擠。

붓 but 筆，毛筆 名詞

붓으로 물감을 칠해요.

bu teu ro mul ga meul chil hae yo

我用刷子沾了塗料。

붓다 but da

腫，發腫；倒，斟，澆灌，播撒 動詞

벌에 쏘여서 부었어요.
beol re sso yeo seo bu eo sseo yo
被蜜蜂叮腫起來了。

주전자에 물을 부었어요.
ju jeon ja e mul reul bu eo sseo yo
倒出壺裡的水。

붙다 but da

貼，黏；考上，合格；附設；藉口；靠
動詞

봉투에 우표를 붙여요.
bong tu e u pyo reul but cheo yo
在信封上貼郵票。

테이프가 바지에 붙어 있어요.
te i peu ga ba ji e bu teo i seo yo
膠帶黏在褲子上了。

시험에 붙었어요.
si heom e bu teo sseo yo
考上了。

붙잡다 but jap da 抓住，揪 動詞

경찰이 범인을 붙잡았어요.

gyeong chal ri beom i neul but jap ba sseo yo

警察抓住犯人了。

비 bi 雨 名詞

어제는 비가 내려서 집에 있었어요.

eo je neun bi ga nae ryeo seo jip be it seo sseo yo

昨天下雨了所以我待在家。

비다 bi da 空，空虛，缺 動詞

열차가 텅텅 비어있어요.

yeol cha ga teong teong bi eo i sseo yo

火車空蕩蕩的。

비리다 bi ri da 腥，腥臭 形容詞

생선은 비린 냄새가 나요.

saeng seon eun bi rin naem sae ga na yo

魚發出腥味。

비비다 bi bi da
擦，磨，拌，攪拌 動詞

아침에 눈을 비비고 일어났어요.
a chim e nun eul bi bi go il reo na sseo yo
早上揉揉眼睛起床了。

고추장을 밥에 비벼 먹었어요.
go chu jang eul bap be bi byeo meok geo sseo yo
把辣椒醬拌到飯裡面吃。

비슷하다 bi seut ta da
差不多，像，相似 形容詞

두 사람은 실력이 비슷해요.
du sa ra meun sil lyeok gi bi seut tae yo
兩人實力相當。

비싸다 bi ssa da 貴，重 形容詞
보석은 비싸요.
bo seok geun bi ssa yo
寶石很貴。

비우다 bi u da 空出，騰出 動詞

휴가라서 모두 집을 비웠어요.

hyu ga ra seo mo du jip beul bi wo sseo yo

因為放假，家裡都沒人了。

좌석 앞줄을 비워 두세요.

jwa seok ap ju reul bi woe du se yo

請空出第一排的座位。

비추다 bi chu da

照，映，光照 動詞

무대 위로 조명을 비추었어요.

mu dae wi ro jo myeong eul bi chu eo sseo yo

舞臺上有照明燈照亮。

ㅂ

비치다 bi chi da
露出，照，耀 動詞

그 옷은 얇아서 속옷이 다 비쳐요.
geu o seun yal ba seo sok o si da bi chyeo yo
那件衣服很薄所以內衣都看得見。

그는 바빠서 얼굴만 잠깐 비치고 갔어요.
geu neun ba ppa seo eol gul man jam kkan bi chi go ga sseo yo
他很忙，所以只是露一下臉就走了。

비키다 bi ki da 讓，躲，走開 動詞

소방차가 지나갈 때는 길을 비켜요.
so bang cha ga ji na gal ttae neun gil reul bi kyeo yo
消防車經過時請讓出路來。

비틀다 bi teul da 扭，扭曲 動詞

아이가 공부 하기 싫어서 몸을 비틀고 있어요.
a i ga gong bu ha gi sil reo seo mom eul bi teul go i sseo yo
小孩不想讀書所以扭著身體。

빌다 bil da

祝，祈願，祈禱；借，租，乞 動詞

평안을 빕니다.

pyeong an eul bip ni da

願你平安。

전문가의 솜씨를 빌어 그 일을 완성했어요.

jeon mun ga ui som ssi reul bil reo geu il reul wan seong hae sseo yo

借由專家的手藝完成了那件事。

ㅂ

빗다 bit da 梳 動詞

빗으로 머리를 빗어요.

bi seu ro meo ri reul bi seo yo

用梳子梳頭髮。

빚 bit 債，負債 名詞

아버지가 사업으로 빚을 많이 졌어요.

a beo ji ga sa eop beu ro bit jeul man ni jyeo sseo yo

爸爸之前因為做事業欠了很多債。

빚다 bit da 包，釀，造成 動詞

만두를 빚었어요.
man du reul bi jeo seo yo.
包餃子。

맥주는 어떻게 빚는 겁니까?
maek ju neun eo tteo ke bit neun geop ni kka
啤酒是怎麼釀的?

한가위에 송편을 빚어요.
han ga wi e song pyeo neul bit jeo yo
中秋節時包了松糕。

빛 bit 光，亮，光芒 名詞

태양은 빛이 강해요.
tae yang eun bit chi gang hae yo
太陽的光很強。

빠르다 ppa reu da
快，迅速 形容詞

비행기가 빨라요.
bi haeng gi ga ppal la yo
飛機很快。

빠지다 ppa ji da
掉，落，陷入，沉浸 動詞

누가 물에 빠졌어요.

도와주세요.

nu ga mul re ppa jyeo sseo yo

do wa ju se yo

有人溺水了。請幫助。

영화에 빠지지 마세요.

yeong hwa e ppa ji ji ma se yo

不要沉迷於電影中。

ㅂ

빨갛다 ppal ga ta 紅 形容詞

빨간 립스틱을 바르고 있어요.

ppal gan rip seu tik geul ba reu go i sseo yo

擦了紅色口紅。

빨다 ppal da 洗；吸吮 動詞

옷을 빨아 널었어요.

o seul ppal ra neol reo sseo yo

洗衣服晾好。

펌프로 물을 빨아 올려요.

peom peu ro mul reul ppal ra ol lyeo yo

用幫浦打水上來。

빼다 ppae da 抽，拔；扣，減 動詞

힘을 빼고 있으세요.
him eul ppae go it seu se yo
放輕鬆不要動。

너무 점잔 빼지 말고 먹고 싶은 만큼 드세요.
neo mu jeom jan ppae ji mal go meok go sip peun man keum deu se yo
不要客氣，想吃多少就請吃吧。

빼앗다 ppae at da 奪，搶奪 動詞

축구 선수가 공을 빼앗아 달렸어요.
chuk gu seon su ga gong eul ppae a sa dal lyeo sseo yo
足球選手把球搶過來跑著。

뻗다 ppeot da 伸展，拔 動詞

다리를 쭉 뻗으세요.
da ri reul jjuk ppeot deu se yo
把腿伸直。

뼈 ppyeo 骨，骨頭 名詞

농담 속에 뼈가 있어요.
nong dam sok ge ppyeo ga i sseo yo
玩笑話中有隱藏的話。

뽑다 ppop da 拔，抽，選 動詞

흔들리는 이를 뽑았어요.
heun deul li neun i reul ppop ba sseo yo
把動搖的牙齒拔起來了。

신입 사원을 뽑아요.
sin ip sa won eul ppop ba yo
選拔新進職員。

뿌리 ppu ri 根，根源 名詞

뿌리 깊은 나무가 가뭄을 안타요.
ppu ri gip peun na mu ga ga mu meul an ta yo
根很深的樹遇到旱災也不會枯。

뿌리다 ppu ri da 噴灑 動詞

화초에 날마다 물을 뿌려요.
hwa cho e nal ma da mul reul ppu ryeo yo
每天都澆花灑水。

삐다 ppi da 扭傷，閃到 動詞

발목을 삐었어요.
bal mok geul ppi eo sseo yo
腳踝扭傷。

사귀다 sa gwi da 結交，交往 動詞

좋은 친구를 사귀고 싶어요.
jo eun chin gu reul sa gwi go sip peo yo
我想結交好的朋友。

사납다 sa nap da

兇猛，厲害 形容詞

사나운 짐승에게 공격 당했어요.
sa na un jim seung e ge gong gyeok dang hae sseo yo
被兇猛的禽獸攻擊了。

사다 sa da 買，請 動詞

빵을 샀어요.
ppang eul sa sseo yo
我買了麵包。

사라지다 sa ra ji da
消失；死亡　動詞

공룡은 이미 사라졌어요.
gong nyong eun i mi sa ra jyeo sseo yo
恐龍已經消失了。

사람 sa ram　人　名詞

일 할 사람이 없어요.
il hal sa ram i eop seo yo
沒有人要做事。

사랑 sa rang　愛，情，愛戀　名詞

사랑해요.
sa rang hae yo
我愛你。

그 말에 남편의 사랑을 느꼈어요.
geu mal re nam pyeon ui sa rang eul neu kkyeo sseo yo
在那句話中感受到丈夫的愛。

人

사로잡다 sa ro jap da
拿，抓，活捉 動詞

그는 멋진 연주로 청중의 마음을 사로잡았어요.
geu neun meot jin yeon ju ro cheong jung ui ma eu meul sa ro jap ba sseo yo
他用帥氣的演奏抓住群眾的心。

사위 sa wi 女婿 名詞

사위를 얻었어요.
sa wi reul eot deo sseo yo
得了女婿。女兒嫁了。

사흘 sa heul 三天 名詞

그는 사흘 동안 연락이 없었어요.
geu neun sa heul dong an yeon lak gi eop seo sseo yo
他在三天中都沒有聯絡。

산 san 山 名詞

산에 오르면서 깊은 생각을 했어요.

san e o reu myeon seo gip peun saeng gak geul hae sseo yo

一邊爬山一邊深刻地思考。

살 sal 肉，皮膚；歲 名詞

살이 많이 쪘어요.

sal ri man ni jjyeo sseo yo

變胖了很多。

아들이 몇 살 이에요?

a deul ri myeot sal i e yo

兒子幾歲了呢?

살다 sal da 活，生活，住 動詞

서울에서 살아요.

seo ure seo sa ra yo

我住在首爾。

살리다 sal li da
救活，活，養活；發揮，運用 動詞

살려주세요!
sal lyeo ju se yo
救命啊!

당신이 날 살렸어요.
dang si ni nal sal lyeo seo yo
你救活了我。

삶다 sam da 煮，燉 動詞

달걀을 삶아 먹었어요.
dal gyal reul sam ma meok geo sseo yo
我做水煮蛋來吃。

삼다 sam da 當作，當成 動詞

농담 삼아 이야기 한 거였어요.
nong dam sam a i ya gi han geo yeo sseo yo
我是開玩笑的。

삼키다 sam ki da 吞下，嚥下 動詞

약을 삼켰어요.

ya geul sam kyeo sseo yo

把藥吞下去了。

상 sang 上，向，商，賞，獎 名詞

엄마，오늘 학교에서 상을 받았어요.

eom ma o neul hak gyo e seo sang eul bat da sseo yo

媽，我今天在學校得獎了。

새 sae 新；鳥 名詞

내일 결혼식 갈 때 입을 새 옷이 필요해요.

nae il gyeol hon sik gal ttae ip beul sae o si pil ryo hae yo

我需要明天去參加婚禮的新衣服。

지저귀는 새 소리를 들었어요.

ji jeo gwi neun sae so ri reul deul reo sseo yo

可以聽到鳥的鳴叫聲。

새기다 sae gi da 刻，刻畫 動詞

나무에 서로의 이름을 새겼어요.

na mu e seo ro ui i reum eul sae gyeo sseo yo

在樹上刻下彼此的名字。

새끼 sae kki 幼，小，崽子 名詞

고양이가 새끼를 낳았어요.

go yang i ga sae kki reul na a sseo yo

貓生了小貓咪。

새다 sae da 洩漏，溜走 動詞

비밀이 밖으로 새는 것 같아요.

bi mil ri bak kkeu ro sae neun geot ga ta yo

秘密好像洩漏了。

새벽 sae byeok

清晨，破曉，黎明 名詞

아버지는 새벽같이 일어나 일하러 갔어요.

a beo ji neun sae byeok gat chi il reo na il ha reo ga sseo yo

父親清晨破曉就去工作。

새우다 sae u da 熬夜，通宵 動詞

공부 하느라 밤을 새워서 피곤해요.

gong bu ha neu ra ba meul sae woe seo pi gon hae yo

讀書讀到通宵，好累。

생각하다 saeng gak ha da 想，思考 動詞

미래를 생각해야죠.

mi rae reul saeng gak hae ya jyo

應該要思考未來。

생기다 saeng gi da 產生，有 動詞

하고 싶은 마음이 생겼어요.

ha go sip peun ma eum i saeng gyeo sseo yo

產生了想要做的心情。

서다 seo da 站立 動詞

모두 일어 서서 박수를 쳤어요.

mo du il reo seo seo bak su reul chyeo sseo yo

所有人都站起來拍手。

서른 seo reun 三十 名詞

나이 서른에 회사 대표가 되었어요.

na i seo reun e hoe sa dae pyo ga doe eo sseo yo

三十歲當上公司總裁。

섞다 seok da

混合，參雜，攪和 動詞

물과 기름은 섞이지 않아요.

mul gwa gi reum eun seok kki ji an na yo

水與油不會溶合在一起。

서쪽 seo jjok 西邊，西方 名詞

해는 서쪽으로 져요.

hae neun seo jjok geu ro jyeo yo

太陽從西邊落下。

설 seol 元旦，農曆新年 名詞

설에는 온 가족이 모여서 떡국을 먹고 나이도 한 살 더 먹어요.

seol re neun on ga jok gi mo yeo seo tteok guk geul meok go na i do han sal deo meok geo yo

年節時全家族聚集吃年糕湯，年紀也增長了一歲。

섬기다 seom gi da

侍奉，服侍 動詞

이 나라는 하늘을 섬기며 살아온 민족입니다.

i na ra neun ha neul reul seom gi myeo sal ra on min jok gip ni da

這個國家是侍奉天的民族。

人

세다 se da

數算，變白，強烈 動詞，形容詞

날짜를 세어보니 그가 귀국할 때가 되었어요.

nal jja reul se eo bo ni geu ga gwi guk hal ttae ga doe eo sseo yo

算一算日子，他該歸國的日子快到了。

사자는 힘이 세요.

sa ja neun him i se yo

獅子的力量很大。

세로 se ro 竪，直，縱 名詞

가로보다 세로가 더 길어요.

ga ro bo da se ro ga deo gil reo yo

垂直線比水平線長。

세우다 se u da 建立，竪立 動詞

큰 공을 세웠어요.

keun gong eul se wo sseo yo

立了大功。

계획을 세워야해요.

gye hoe geul se woe ya hae yo

要定計畫才行。

셋 set 三 數詞

셋이서 이 큰 바위를 움직였어요.

se si seo i keun ba wi reul um jik gyeo sseo yo

三個人搬動了這顆大石頭。

소금 so geum 鹽，鹽巴 名詞

배추를 소금에 절여요.

bae chu reul so geu me jeol ryeo yo

把白菜放在鹽巴裡醃。

소리 so ri 聲音，響聲 名詞

비 내리는 소리가 들려요.

bi nae ri neun so ri ga deul lyeo yo

聽見下雨的聲音。

속 sok 裡，內 名詞

서랍 속에 도장이 있어요.

seo rap sok ge do jang i i sseo yo

抽屜裡有印章。

속다 sok da 被騙，上當 動詞

아는 사람에게 속아서 사기를 당했어요.

a neun sa ram e ge sok ga seo sa gi reul dang hae sseo yo

被認識的人騙，遭到了詐欺。

손 son 手 名詞

손이 참 곱네요.

son i cham gop ne yo

你的手真漂亮。

손가락 son ga rak 手指頭 名詞

그 피아니스트는 손가락이 길고 가늘어요.

geu pi a ni seu teu neun son ga rak gi gil go ga neul reo yo

那位鋼琴師的手指又長又細。

손톱 son top 指甲，手指甲 名詞

손톱 손질을 한 지 너무 오래됐어요.

son top son jil reul han ji neo mu o rae dwae sseo yo

很久沒有修指甲了。

솟다 sot da 冒，升起，奔湧 動詞

산에서 불길이 빨갛게 솟아 올랐어요.

san e seo bul gil ri ppal ga ke so sa ol la sseo yo

山上的火焰紅紅地奔湧上來。(森林火災)

수 su

手段，方法，招；數，數目 名詞

좋은 수가 생각났어요.

jo eun su ga saeng gak na sseo yo

我想到一個好方法。

학생 수가 줄어들었어요.

hak saeng su ga jul reo deul reo sseo yo

學生人數減少了。

수염 su yeom 鬍子 名詞

그는 수염을 깎지 않았어요.

geu neun su yeo meul kkak ji a na seo yo

他沒有刮鬍子。

숟가락 sut ga rak 湯匙 名詞

한 숟가락만 더 드세요.

han sut ga rak man deo teu se yo

再多吃一口。

숨 sum 呼吸，氣息 名詞

나는 숨을 쉴 수 가 없어요.

na neun su meul swil su ga eop seo yo

我無法呼吸。

들키지 않으려고 숨을 죽이고 엎드렸어요.

deul ki ji an neu ryeo go sum eul juk gi go eop deu ryeo sseo yo

為了不被發現，我趴下且屏住氣息。

숨기다 sum gi da 隱瞞，藏匿 動詞

집안에 보물을 숨겨 두었어요.

jip ban e bo mul reul sum gyeo du eo sseo yo

把寶物藏好放在家裡。

숨다 sum da 躲，藏，埋伏 動詞

동굴에 숨어 있는 적군이 있어요.
dong gul re su meo it neun jeok gun i i sseo yo
敵人躲藏在山洞裡。

쉬다 swi da 休息，歇；呼吸 動詞

그늘에서 쉬어요.
geu neul re seo swi eo yo
在樹蔭下歇息。

너무 소리를 질러서 목이 쉬었어요.
neo mu so ri reul jil leo seo mok gi swi eo sseo yo
叫太大聲，現在喉嚨啞掉了。

숨을 크게 쉬고 나서 말했어요.
su meul keu ge swi go na seo mal hae sseo yo
深深吸了一口氣然後說話。

쉽다 swip da 容易，輕易 形容詞

이 일은 쉬운 편이에요.
i il reun swi un pyeon i e yo
這件事算是容易的。

스물 seu mul 二十 數詞

그는 나이가 스물 셋이에요.

geu neun na i ga seu mul se si e yo

他的年紀是二十三。

슬프다 seul peu da

可悲，悲哀 形容詞

다시 보지 못한다고 생각하니 슬퍼요.

da si bo ji mot tan da go saeng gak ha ni seul peo yo

想說再也看不到了所以傷心。

시골 si gol 鄉下，鄉間 名詞

그는 시골에서 농사를 지어요.

geu neun si gol re seo nong sa reul ji eo yo

他在鄉下那邊耕作。

시끄럽다 si kkeu reop da

吵雜，吵鬧 形容詞

시끄러운 라디오 소리에 잠을 깼어요.

si kkeu reo un ra di o so ri e jam eul kkae sseo yo

吵鬧的廣播聲把我從夢中吵醒。

시다 si da 酸(味道)；痠痛 動詞

청매가 참 시다.

cheong mae ga cham si da

青梅很酸。

너무 시어요.

neo mu si eo yo

太酸了。

시들다 si deul da 枯萎，凋零 動詞

꽃병에 있는 꽃이 시들었어요.

kkot byeong e it neun kkot chi si deul reo sseo yo

花瓶裡的花枯萎了。

시리다 si ri da 冰，冷 形容詞

추워서 손이 시려요.

chu woe seo son i si ryeo yo

很冷所以手很冰。

시원하다 si won ha da

涼快，清涼 形容詞

산에 있으니 시원한 바람이 불어요.

san e i sseu ni si won han ba ram i bul reo yo

在山上，所以有涼爽的風。

시작하다 si jak ha da

開始，開頭 動詞

연극이 곧 시작해요.

yeon geuk gi got si jak hae yo

戲劇表演即將開始。

시키다 si ki da

吩咐，指使；點菜 動詞

동생에게 심부름을 시켰어요.

dong saeng e ge shim bu reum eul si kyeo sseo yo

我叫弟(妹)去跑腿。

음식을 먼저 시키세요.

eum sik geul meon jeo si ki se yo

先點食物吧。

식다 sik da 涼掉，變冷 動詞

뜨거운 물이 이제 다 식었어요.

tteu geo un mul ri i je da sik geo sseo yo

熱水現在都涼掉了。

신다 sin da 穿（鞋襪） 動詞

아바가 양말을 신고 있어요.

a ba ga yang mal reul sin go i sseo yo

爸爸正在穿襪子。

교실에서는 실내화를 신으세요.

gyo sl re seo neun sil lae hwa reul si neu se yo

教室裡請穿室內鞋。

싣다 sit da 載，裝載 動詞

그는 차에 짐을 싣고 떠났어요.

geu neun cha e ji meul sit go tteo na sseo yo

他把行李裝在車上離開了。

실 sil

線；室，房間；實，真正的 名詞

떨어진 단추를 실로 꿰맸어요.
tteol reo jin dan chu reul sil lo kkwe mae sseo yo
我把掉下來的鈕扣縫好。

싫다 sil ta 討厭，嫌棄 形容詞

아침부터 빵 먹기는 싫어요.
a chim bu teo ppang meok gi neun sil reo yo
我不喜歡早上吃麵包。

심다 shim da 種植，栽種 動詞

식목일에 나무를 심어요.
sik mok gil re na mu reul shim reo yo
植樹節那天種了樹。

싱겁다 sing geop da

清淡，無聊 形容詞

저는 음식 좀 싱겁게 먹어요.

jeo neun eum sik jom sing geop ge meok geo yo

我飲食吃得比較清淡。

싶다 sip da 想，有意 形容詞

그 사람과 직접 말하고 싶어요.

geu sa ram gwa jik jeop mal ha go sip peo yo

我想直接和那個人說話。

人

싸다 ssa da 包，包裹 動詞，形容詞

만두를 싸고 있어요.

man du reul ssa go i seo yo

我在包水餃。

이삿짐을 다 쌌어요.

i sat jim eul da ssa sseo yo

搬家的行李都打包好了。

값이 싼 건물을 찾고 있어요.

gap si ssan geon mul reul chat go i sseo yo

我正在尋找價格便宜的建築。

싸우다 ssa u da

吵架，打架，戰鬥 動詞

그들은 원수같이 싸워요.

geu deul reun won su gat chi ssa woe yo

他們像仇人一樣在爭吵。

쌀 ssal 米，稻米 名詞

쌀 선물받았어요.

ssal seon mul ba da seo yo

我收到米的禮物了。有人送我米。

쌓다 ssa ta 堆，壘 動詞

편지를 쌓아 두고 있어요.

pyeon ji reul ssa a du go i seo yo

信件堆積了起來。

썩다 sseok da 腐爛，腐敗 動詞

부엌에서 썩은 음식 냄새가 나요.
bu eok ke seo sseok geun eum sik naem sae ga na yo
廚房裡腐敗的食物發出臭味。

그 집에는 속 썩이는 아들이 하나 있어요.
geu jip be neun sok sseok gi neun a deul ri ha na i sseo yo
那一家裡有個讓人操心的兒子。

썰다 sseol da 切，剁 動詞

칼로 무를 썰었어요.
kal lo mu reul sseol reo sseo yo
用刀切了白蘿蔔。

쏘다 sso da

射，打；刺痛，叮咬 動詞

아이들이 참새에게 고무줄을 쏘았어요.
a i deu ri cham sae e ge go mu ju reul sso a seo yo
孩子們用橡皮筋射麻雀。

벌이 쏘아서 팔이 부었어요.
beol ri sso a seo pal ri bu eo sseo yo
被蜜蜂叮所以腳腫起來。

ㅅ

쏟다 ssot da 倒，傾注 動詞

그는 딸을 키우는데 온 정성을 다 쏟았어요.

geu neun ttal reul ki u neun de on jeong seong eul da ssot da sseo yo

他付出全心養育女兒。

하고 싶은 말을 다 쏟아내고 나니 후련해요.

ha go sip peun mal reul da ssot da nae go na ni hu ryeon hae yo

想說的話都傾訴出來，內心很舒坦。

쑤시다 ssu si da

挑，挖，掏；刺痛，痠痛 動詞

어제 무리했더니 몸살이 나서 온 몸이 쑤셔요.

eo je mu ri haet deo ni mom sal ri na seo on mom i ssu syeo yo

昨天過度操勞，產生過勞，全身痠痛。

쓰다 sseu da

用，使用，花費；寫，筆，書寫；戴(帽、眼鏡)，撐(傘)；苦 動詞，形容詞

이 밑에 이름을 쓰세요.
i mit te i reu meul sseu se yo
請寫名字在這下面。

물건을 쓰고 나면 정리를 해야 해요.
mul geo neul sseu go na myeon jeong ri reul hae ya hae yo
東西用完應該要整理一下。

모자를 쓰고 나갔어요.
mo ja reul sseu go na ga sseo yo
戴上帽子出去了。

쓰러지다 sseu reo ji da

跌倒，倒下 動詞

밤에 술 취한 사람들이 길바닥에 쓰러져 있어요.
bam e sul chwi han sa ram deul ri gil ba dak ge sseu reo jyeo i sseo yo
晚上喝醉酒的人們倒在地上。

쓰이다 sseu i da

所寫，用於；被用 動詞

이 아이는 앞으로 크게 쓰여질 거에요.

i a i neun ap peu ro keu ge sseu yeo jil geo e yo

這孩子以後會大大被使用。

책에 쓰여진 대로 하면 되요.

chaek ge sseu yeo jin dae ro ha myeon doe yo

按照書上寫的做就可以。

쓸다 sseul da 打掃，清除 動詞

형은 아침마다 마당을 쓸었어요.

hyeong eun a chim ma da ma dang eul sseul reo sseo yo

哥哥每天早上打掃庭院。

씨 ssi 種子，籽 名詞

수박에 있는 씨를 발라내면서 먹었어요.

su ba ge it neun ssi reul bal la nae myeon seo meo geo seo yo

我把西瓜裡的籽剔出來吃西瓜。

김준수 씨가 사회를 맡았어요.

gim jun su ssi ga sa hoe reul ma ta sseo yo

金俊秀先生擔任司會。

씹다 ssip da 咀嚼，咬 動詞

고기를 꼭꼭 씹어 삼켜요.

go gi reul kkok kkok ssip beo sam kyeo yo

使勁地咀嚼肉然後吞下。

씻다 ssit 洗，刷 動詞

얼굴을 깨끗이 씻어요.

da eol gul reul kkae kkeut si ssit eo yo

把臉洗乾淨了。

ㅅ

아기 a gi 嬰兒，小孩子 名詞

엄마 등에 업힌 아기가 잠들었어요.

eom ma deung e eop pin a gi ga jam deul reo sseo yo

媽媽背上背的孩子睡著了。

아깝다 a kkap da 可惜 形容詞

좋은 기회였는데 정말 아깝네요.

jo eun gi hoe yeot neun de jeong mal a kkap ne yo

那是很好的機會耶，真是可惜。

아끼다 a kki da 節省，愛惜 動詞

물을 아껴요.

mul reul a kkyeo yo

節省用水。

아내 a nae 太太，妻子 名詞

저 집은 남편과 아내가 항상 같이 다녀요.

jeo jip beun nam pyeon gwa a nae ga hang sang ga chi da nyeo yo

那一家的丈夫和太太常常同進同出。

아니다 a ni da 不，不是 形容詞

그게 전부는 아닙니다.

geu ge jeon bu neun a nip ni da

那不是全部。

뭔가 잘못된 게 아닐까요?

mwon ga jal mot doen ge a nil kka yo

是不是有什麼錯啊?

아들 a deul 兒子 名詞

아들을 낳았어요.

a deu reul la a seo yo

生了兒子。

아래 a rae 下面，底下 名詞

하늘 아래 새 것은 없다.

ha neul a rae sae geo seun eop da

天底下無新鮮事。

아름답다 a reum dap da

美麗，美好 形容詞

이 섬에는 아름다운 정원이 있어요.

i seo m e neun a reum da un jeong won i i sseo yo

在這座島上有美麗的庭園。

아버지 a beo ji 父親，爸爸 名詞

아기도 낳았으니 아버지가 되었네요.

a gi do na at seu ni a beo ji ga doe eot ne yo

生了孩子，當上爸爸了呢。

아이 a i 孩子 名詞

그 집 아이들은 모두 잘 컸어요.

geu jip a i deul reun mo du jal keo sseo yo

那一家的孩子都長大了。

아저씨 a jeo ssi

伯伯，伯父，大叔 名詞

택배 아저씨가 왔어요.

taek bae a jeo ssi ga wa sseo yo

快遞伯伯來了。

아주 a ju 非常，完全 副詞

이모는 요즘 아주 바빠요.

i mo neun yo jeum a ju ba ppa yo

姨母最近很忙碌。

아주머니(= 아줌마)

a ju meo ni a jum ma 伯母，大嬸 名詞

식당 아주머니 음식 솜씨가 너무 좋아요.

sik dang a ju meo ni eum sik som ssi ga neo mu jo a yo

餐廳大嬸的料理手藝真是好。

아직 a jik 仍，還 副詞

아직 출발 안 했어요?

a jik chul bal an hae sseo yo

你還沒有出發?

아침 a chim 早晨 名詞

늦게 일어나서 아침을 굶었어요.

neut ge i reo na seo a chi meul gul meo seo yo

太晚起了，沒吃早餐。

ㅇ

아프다 a peu da 痛，疼 形容詞

컴퓨터를 오래 했더니 눈이 아파요.

keom pyu teo reul o rae haet deo ni nun i a pa yo

電腦用太久，眼睛痛。

아홉 a hop 九 數詞，冠形詞

생수가 아홉 개가 더 필요해요.

saeng su ga a hop gae ga deo pil ryo hae yo

礦泉水還需要九瓶。

안 an 內，裡 名詞

건물 안으로 사람들이 들어가요.

geon mul an eu ro sa ram deul ri deul reo ga yo

人們進入建築物裡面。

안다 an da 擁抱，懷 動詞

엄마가 아기를 안고 있어요.

eom ma ga a gi reul an go i sseo yo

媽媽抱著孩子。

앉다 an da 坐，坐下 動詞

모두 자기 자리에 앉아 주세요.

mo du ja gi ja ri e an ja ju se yo

請大家坐到自己的位置上。

알 al 蛋，卵 名詞

암탉이 알을 낳았어요.

am tak gi al reul na a sseo yo

母雞下蛋。

알다 al da 知道，懂得；認識 動詞

한국에 아는 사람이 있나요?

han guk ge a neun sa ram i it na yo

你在韓國有認識的人嗎?

앞 ap 前，前面 名詞

소나무 앞에 사람들이 모여있어요.

so na mu ap pe sa ram deul ri mo yeo i sseo yo

大家聚集到松樹前面。

얇다 yal da 薄，稀薄 形容詞

이 책은 얇아서 금방 읽어요.
i chaek geun yal ba seo geum bang ik geo yo
這本書很薄所以馬上就看完了。

어기다 eo gi da 違背，違反 動詞

그는 약속을 어겼어요.
geu neun yak sok geul eo gyeo sseo yo
他違背了承諾。

어깨 eo kkae 肩膀 名詞

왜 어깨가 축 처져 있어요?
wae eo kkae ga chuk cheo jyeo i seo yo
你怎麼不開心呢？(字義：你肩膀怎麼疲累下垂呢？)

어깨가 무겁다.
eo kkae ga mu geop da
覺得有負擔。(字義：肩膀很重。)

어느 eo neu 哪，何 冠形詞

가격은 어느 정도 예상하세요?

ga gyeok geun eo neu jeong do ye sang ha se yo

您的預算大概在多少?

어둡다 eo dup da

黯淡，黑暗 形容詞

날씨가 안 좋아서 낮인데도 어두워요.

nal ssi ga an jo a seo na jin de do eo du woe yo

天氣不好，白天也暗暗的。

어떤 eo tteon 什麼樣，何等 冠形詞

어떤 곳에 가고 싶어요?

eo tteon go se ga go si peo yo

你想去哪裡?

어렵다 eo ryeop da

困難，不易 形容詞

어려워요.

eo ryeo woe yo

好難。

통역은 어려운 일이다.

tong yeo geun eo ryeo un i ri da

口譯是一件不容易的事。

어른 eo reun 成人，大人 名詞

결혼도 했으니 이제 어른이네요.

gyeol hon do hae seu ni i je eo reu ni ne yo

已經結婚了，現在是成人了。

어리다 eo ri da

凝結，泛，洋溢，瀰漫；幼小，年幼

動詞，形容詞

얼굴에 미소가 어려있어요.

eol gu re mi so ga eo ryeo i seo yo

臉上洋溢著微笑。

그는 아직 어려요.

geu neun a jik eo ryeo yo

他還年輕。

나이보다 어려 보여요.

na i bo da eo ryeo bo yeo yo

看起來比實際年齡年輕。

ㅇ

어머니 eo meo ni 母親，媽媽 名詞

어머니는 잘 지내시나요?

eo meo ni neun jal ji nae si na yo

媽媽最近好嗎?

어제 eo je 昨天，昨日 名詞

어제 했던 말을 기억하지 못해요.

eo je haet deon mal reul gi eok ha ji mot tae yo

昨天說的話我已經不記得了。

언니 eon ni 姐姐(女生用語) 名詞

위로 언니가 둘 있어요.

wi ro eon ni ga dul i sseo yo

我上面有兩個姐姐。

언제 eon je 何時，什麼時候 副詞

언제든지 놀러 오세요.

eon je deun ji nol leo o se yo

不論何時請過來玩玩。

얻다 eot da 得到，獲得 動詞

그 말에 용기를 얻었어요.

geu mal re yong gi reul eot deo sseo yo

聽了那句話我得到勇氣。

얼굴 eol gul 臉，臉皮 名詞

얼굴을 보니 누군지 알겠어요.

eol gul reul bo ni nu gun ji al ge sseo yo

看見臉了，知道是誰了。

얼다 eol da 結凍 動詞

호수가 얼었어요.

ho su ga eo reo seo yo

湖水結冰了。

얼마 eol ma 多少，若干 代名詞

이게 얼마 만이에요?

i ge eol ma man i e yo

這樣子有多久了?

없다 eop da 沒有，無 形容詞

이 주변에는 가 볼만한 곳이 없어요.

i ju byeon e neun ga bol man han go si eop seo yo

這附近沒有值得去的地方。

엉덩이 eong deong i
屁股，臀部 名詞

간호사가 엉덩이에 주사를 놓았어요.

gan ho sa ga eong deong i e ju sa reul no a sseo yo

護士(幫病人)在屁股打針。

ㅇ

에 e

在(表示空間和時間)，往(表示方向和目的地) 助詞

축구를 응원하려고 모두 광장에 모였어요.
chuk gu reul eung won ha ryeo go mo du gwang jang e mo yeo sseo yo
為了幫足球比賽加油，大家都聚集到廣場。

이제 집에가요.
i je ji be ga yo
我現在要回家了。

에게 e ge

在(表示存在的地點)，給(表示行動的對象) 助詞

주인에게 월세를 주었어요.
ju in e ge wol se reul ju eo sseo yo
繳房租給主人了。

여기 yeo gi 這裡，這邊 代名詞，副詞

여기보다 저기가 더 좋겠어요.
yeo gi bo da jeo gi ga deo jo ke sseo yo
那邊比這邊更好。

여기다 yeo gi da 以為，當作 動詞

저는 그 사람을 친구로 여겼어요.

jeo neun geu sa ra meul chin gu ro yeo gyeo seo yo

我把那個人當作朋友。

여덟 yeo deol 八 數詞，冠形詞

제 차례는 여덟 번째예요.

je cha rye neun yeo deol beon jjae ye yo

我的位置是第8號。

여름 yeo reum 夏天，夏季 名詞

여름이 갈수록 더워져요.

yeo reum i gal su rok deo woe jyeo yo

越到夏天越是熱。

여섯 yeo seot 六 數詞，冠形詞

개미 여섯 마리가 있어요.

gae mi yeo seot ma ri ga i sseo yo

有六隻螞蟻。

열 yeol 十 數詞，冠形詞

이번이 벌써 열 번째 도전이에요.

i beon i beol sseo yeol beon jjae do jeon i e yo

這次已經是第十次的挑戰了。

열다 yeol da 敞開，打開 動詞

자동차 문을 열고 내렸어요.

ja dong cha mu neul yeol go nae ryeo sseo yo

打開車門下來了。

예쁘다 ye ppeu da

美麗，漂亮 形容詞

그녀가 얼마나 예쁜지 몰라요.

geu neo ga eol ma na ye ppeun ji mol la yo

不知道她有多漂亮。

오다 o da 來 動詞

손님이 와서 바빴어요.

son nim i wa seo ba ppa sseo yo

因為有客人所以比較忙。

오르다 o reu da 上升，提高 動詞

성적이 올랐어요.

seong jeok gi ol la sseo yo

成績進步了。

오빠 o ppa

哥，哥哥(女生用語) 名詞

오빠와 싸웠어요.

o ppa wa ssa wo sseo yo

我跟哥哥吵架了。(韓國女生也會用來稱呼自己的男朋友)

옮기다 om gi da 挪，搬 動詞

이삿짐을 옮겼어요.

i sat jim eul om gyeo sseo yo

搬動了要搬家的行李。

옷 ot 衣服 名詞

새 옷을 입었어요.

sae o seul i beo seo yo

穿了新衣。

왜 wae 為什麼 副詞

왜 그랬어요?

wae geu rae sseo yo

為什麼那樣?

외우다 oe u da 背，記誦 動詞

매일 단어를 20개씩 외워요.

mae il dan eo reul I sip gae ssik oe woe yo

每天背20個單字。

우리 u ri 我們 代名詞

그건 우리가 할게요.

geu geon u ri ga hal ge yo

那個我們來做(就行了)。

울다 wool da 哭 動詞

울었어요.

woo leo sseo yo

哭了。

움직이다 um jik gi da

活動，動　動詞

시장 사람들이 바쁘게 움직여요.

si jang sa ram deul ri ba ppeu ge um jik gyeo yo

市場的人們忙碌地移動著。

웃기다 ut gi da

好笑，可笑，逗趣　動詞

그는 유머가 풍부해서 잘 웃겨요.

geu neun you meo ga pung bu hae seo jal ut gyeo yo

他幽默感豐富，很好笑。

웃다 ut da　笑，嘲笑　動詞

웃는 얼굴이 예뻐요.

ut neun eol gul ri ye ppeo yo

在笑的臉最漂亮。

위 wi　上面　名詞

물은 위에서 아래로 흘러요.

mul reun wi e seo a rae ro heul leo yo

水從高處往低處流。

음식 eum sik 飲食，食物 名詞

음식은 먹을 만큼만 담으세요.
eum sik geun meok geul man keum man dam eu se yo
請盛裝要吃的量就好。

의 ui 的 助詞

그의 꿈은 크다.
geu ui kkum eun keu da
他的夢想很大。

이 i 牙齒；這 名詞;冠形詞

식사 후에는 이를 닦아요.
sik sa hu e neun i reul dak kka yo
吃完飯刷牙。

이 사실을 알고 있나요?
i sa sil reul al go it na yo
你知道這件事嗎?

이것 i geot 這個 代名詞

이것 저것 생각할 게 많아요.
i geot jeo geot saeng ga kal ge man na yo
這個那個該想的事很多。

이기다 i gi da 贏，打贏 動詞

그는 자신과의 싸움에서 이겼어요.

geu neun ja sin gwa ui ssa um e seo i gyeo sseo yo

他跟自己的爭戰贏了。

이루다 i ru da

成為，達成，建立 動詞

목적을 이루었어요.

mok jeok geul i ru eo sseo yo

達成目的了。

이르다 i reu da

達到，抵達；早 動詞

이른 아침에 일어나 조깅을 했어요.

i reun a chi me il reo na jo ging eul hae sseo yo

我清晨很早起來跑步了。

미리 이르렀어요.

mi ri i reu reo seo yo

提前達成了。

ㅇ

이름 i reum 名字，姓名 名詞

그는 이름이 알려진 사람이에요.
geu neun i reu mi al lyeo jin sa ra mi e yo
他是名揚四方的人。

이마 i ma 額頭 名詞

이마에 여드름이 났어요.
i ma e yeo deu reu mi na sseo yo
額頭上冒了青春痘。

이틀 i teul 兩天 名詞

시험이 이틀 남았어요.
si heo mi i teul na ma sseo yo
考試只剩兩天。

익다 ik da 成，成熟 動詞，形容詞

태풍으로 과일이 익기도 전에 떨어졌어요.
tae pung eu ro gwa il i ik gi do jeon e tteol reo jyeo sseo yo
因為颱風，水果在成熟前就掉落了。

귀에 익은 목소리가 들렸어요.
gwi e ik geun mok so ri ga deul lyeo sseo yo
耳邊傳來熟悉的聲音。

일 il 事，事情 名詞

할 일이 많이 남아있어요.

hal il ri man ni na ma i sseo yo

還有很多事還沒做完。

일곱 il gop 七 數詞，冠形詞

우리 집 개가 새끼를 일곱 마리나 낳았어요.

u ri jip gae ga sae kki reul il gop ma ri na na a sseo yo

我們家的狗生了七隻小狗。

일으키다 il reu ki da

振興，起身，扶起 動詞

저 좀 일으켜 세워 주세요.

jeo jom i reu kyeo se woe ju se yo

請扶我起來。

읽다 ik da 讀，看，唸 動詞

악보를 읽을 줄 몰라요.

ak bo reul ik geul jul mol la yo

我不會看樂譜。

잃다 il ta 失去，丟掉 動詞

설거지를 하다가 반지를 잃어버렸어요.
seol geo ji reul ha da ga ban ji reul il reo beo ryeo sseo yo
洗碗的時候把戒指弄丟了。

입 ip 嘴巴 名詞

하마는 입이 커요.
ha ma neun ip bi keo yo
河馬的嘴巴很大。

입다 ip da 穿，披 動詞

명절 때 한복을 입었어요.
myeong jeol ttae han bok geul ip beo sseo yo
節日的時候穿了韓服。

입술 ip sul 嘴唇 名詞

물에서 놀다가 나오니 입술이 파래졌어요.
mul re seo nol da ga na o ni ip sul ri pa rae jyeo sseo yo
在水裡玩，出來發現嘴唇發青了。

있다 it da 有，在 形容詞

집 바로 옆에 수영장이 있어요.

jip ba ro yeop pe su yeong jang i i sseo yo

家的旁邊就有游泳池。

잊다 it da 忘，忘記 動詞

바쁘게 사느라 생일도 잊었어요.

ba ppeu ge sa neu ra saeng il do it jeo sseo yo

太忙了，連生日也忘記。

ㅇ

자다 ja da 睡 動詞

어제는 피곤해서 일찍 잤어요.

eo je neun pi gon hae seo il jjik ja sseo yo

昨天太累很早就睡了。

자라다 ja ra da 成長，長大 動詞

아이는 자라서 소방관이 되고 싶대요.

a i neun ja ra seo so bang gwan i doe go sip dae yo

小孩說他長大想當消防員。

자르다 ja reu da 剪，裁 動詞

가위로 끈을 잘랐어요.

ga wi ro kkeu neul jal la sseo yo

用剪刀剪了繩子。

자리 ja ri 位置，座位 名詞

퇴근 시간엔 지하철에 앉을 자리가 없어요.

toe geun si gan en ji ha cheol re an jeul ja ri ga eop seo yo

下班時間捷運上沒有位置可以坐。

작다 jak da 小，微 形容詞

작은 일을 잘해야 큰 일도 잘할 수 있어요.

jak geun il reul jal hae ya keun il do jal hal su i sseo yo

小事要做得好，大事才能做得好。

잘되다 jal doe da 興旺，順利 動詞

일은 잘돼 가요?

il reun jal dwae ga yo

事情進行得順利嗎?

잠그다 jam geu da

鎖，關，閉 動詞

자기 전에 꼭 문을 다 잠그세요.

ja gi jeon e kkok mun eul da jam geu se yo

睡覺前門一定要鎖好。

ㅈ

잡다 jap da 抓住，把握 動詞

부부가 손을 잡고 산책을 해요.
bu bu ga son eul jap go san chaek geul hae yo
夫婦手牽著手去散步。

잡히다 jap pi da 被抓住 動詞

그는 경찰에게 잡혔다.
geu neun gyeong cha re ge ja pyeot da
他被警察抓住了。

저 jeo

我(謙稱)，在下，那 代名詞，冠形詞

그건 저도 잘 알아요.
geu geon jeo do jal al ra yo
那個我也懂。

제가 말한 게 바로 저 사람이에요.
je ga mal han ge ba ro jeo sa ram i e yo
我說的就是那個人。

저것 jeo geot 那個 代名詞

위에 있는 저거 주세요.

wi e it neun jeo geo ju se yo

請給我上面那個。

저기 jeo gi

那邊，那兒 代名詞，感嘆詞

저기에 섬이 있어요.

jeo gi e seo mi i sseo yo

那邊有島。

저기，혹시 내일 시간 있나요?

jeo gi hok si nae il si gan it na yo

那個，明天有空嗎?

적다 jeok da 書寫；微少 形容詞

양이 너무 적어요.

yang i neo mu jeok geo yo

量太少了。

절 jeol 拜，敬禮，鞠躬，磕頭 名詞

신랑은 모두에게 절했다.

sin lang eun mo du e ge jeol haet da

新郎向所有人行禮。

ㅈ

절다 jeol da 醃漬；跛 動詞

생선을 소금에 절여요.

saeng seo neul so geu me jeol ryeo yo

用鹽醃漬鮮魚。

개가 한 쪽 다리를 절어요.

gae ga han jjok da ri reul jeol reo yo

狗瘸了一條腿。

젊다 jeom da 年輕，少 形容詞

그는 나이가 들었어도 젊어 보여요.

geu neun na i ga deul reot seo do jeom meo bo yeo yo

他即使年紀大了還是看起來很年輕。

젊은이 jeom meun i

年輕人，小伙子 名詞

젊은이들이 일을 구하지 못하고 있다.

jeom meun i deul ri il reul gu ha ji mot ta go it da

年輕人們找不到工作。

접다 jeop da 折疊 動詞

비가 그쳐서 우산을 접었어요.

bi ga geu chyeo seo u san eul jeop beo sseo yo

雨停了，所以把傘摺起來。

젓가락 jeot ga rak 筷子 名詞

젓가락으로 반찬을 집어 먹어요.

jeot ga rak geu ro ban cha neul jip beo meok geo yo

用筷子夾小菜來吃。

젓다 jeot da 搖，攪，擺 動詞

아이가 고개를 저으며 싫다고 해요.

a i ga go gae reul jeo eu myeo sil ta go hae yo

孩子搖著頭說不要。

강에서 배를 타고 노를 저어요.

gang e seo bae reul ta go no reul jeo eo yo

在江河上搭船搖槳。

젖다 jeot da 打溼，浸 動詞

갑자기 비가 와서 옷이 다 젖었어요.

gap ja gi bi ga wa seo o si da jeot jeo sseo yo

突然下雨，衣服都濕了。

졸다 jol da 打瞌睡 動詞

운전사가 졸아서 사고가 났어요.

un jeon sa ga jol ra seo sa go ga na sseo yo

司機打瞌睡所發生事故了。

좁다 jop da 狹窄 形容詞

골목길이 너무 좁아요.

gol mok gil ri neo mu jop ba yo

巷子太窄了。

좋다 jo ta 好，可以 形容詞

솜씨가 정말 좋군요.

som ssi ga jeong mal jo kun nyo

手藝真是好耶。

주다 ju da 給，送 動詞

아버지는 아이들에게 용돈을 주었어요.

a beo ji neun a i deul re ge yong do neul ju eo sseo yo

爸爸給小孩零用錢。

주먹 ju meok 拳頭 名詞

그는 화가 나서 주먹을 불끈 쥐었어요.

geu neun hwa ga na seo ju meok geul bul kkeun jwi eo sseo yo

他憤怒得用力握拳。

주무르다 ju mu reu da

揉，搓 動詞

그는 내 어깨를 주물렀어요.

geu neun nae eo kkae reul ju mul leo seo yo.

他揉揉我的肩膀。

죽다 juk da 死 動詞

모기가 죽었어요.

mo gi ga juk geo sseo yo

蚊子死了。

ㅈ

줄 jul 列，行，排 名詞

표를 사려고 줄을 섰어요.

pyo reul sa ryeo go jul reul seo sseo yo

排隊要買票。

줄다 jul da 減少 動詞

몸무게가 조금 줄었어요.

mom mu ge ga jo geum jul reo sseo yo

體重有點減少了。

줍다 jup da 撿，拾 動詞

노인이 유리병을 주워요.

no in i you ri byeong eul ju woe yo

老人在撿玻璃瓶。

쥐다 jwi da 抓，取 動詞

아이가 손에 모래를 한 움큼 쥐었어요.

a i ga so ne mo rae reul han um keum jwi eo sseo yo

小孩子抓了一把沙子。

지나다 ji na da 過 動詞

한국에서 산 지 벌써 7년이 지났어요.
han guk ge seo san ji beol sseo chil nyeon i ji na sseo yo
我在韓國生活已經7年了。

지내다 ji nae da

過日子，度過，交友 動詞

학교 친구들과 잘 지내니?
hak gyo chin gu deul gwa jal ji nae ni
和學校朋友相處得好嗎?

지다 ji da 落；輸；背 動詞

해가 지고 어두워졌어요.
hae ga ji go eo du woe jyeo sseo yo
太陽下山，天變黑了。

경기에서 졌어요.
gyeong gi e seo jyeo sseo yo
比賽輸了。

제가 책임을 지겠어요.
je ga chaek gi meul ji ge sseo yo
我來負責。

ㅈ

지우다 ji u da 擦掉，去，刪 動詞

글씨를 지우고 다시 썼어요.
geul ssi reul ji u go da si sseo sseo yo
把字擦掉再寫一次。

지키다 ji ki da
維護，看護，守護 動詞

하나님이 나를 지켜요.
ha na nim i na reul ji kyeo yo
神看顧保護我。

집 jip 房屋 名詞

집에서 집들이를 할거에요.
jip be seo jip deul ri reul hal geo e yo
在家中要辦喬遷之宴。

집다 jip da 夾，拾；指名 動詞

꼭 집어 말하기는 어려워요.
kkok jip beo mal ha gi neun eo ryeo woe yo
很難指名道姓說出來。

짓다 jit da 做，起，蓋 動詞

태어날 아기 이름을 지었어요.

tae eo nal a gi i reum eul ji eo sseo yo

給即將出生的孩子取了名字。

짙다 jit da 濃，深，厚 形容詞

눈썹 화장이 너무 짙어요.

nun sseop hwa jang i neo mu jit teo yo

睫毛畫得太濃了。

짜다 jja da

組合，編織，安排；擰，擠；鹹的

動詞，形容詞

치약을 짜고 뚜껑을 꼭 닫으세요.

chi yak geul jja go ttu kkeong eul kkok dat deu se yo

牙膏擠完後一定要蓋上蓋子。

찌개가 너무 짜요.

jji gae ga neo mu jja yo

這鍋太鹹。

짧다 jjal da 短 形容詞

겨울에는 낮이 짧아요.

gyeo wool e neun nat ji jjal ba yo

冬天時白天比較短。

쫓다 jjot da 追，逐 動詞

동네 사람들이 도둑을 쫓아갔어요.

dong ne sa ram deul ri do duk geul jjot cha ga sseo yo

村裡的人去追小偷了。

찍다 jjik da 照，拍照，攝影 動詞

동영상을 찍어서 유튜브에 올렸어요.

dong yeong sang eul jjik geo seo you tyu beu e ol lyeo sseo yo

拍了影像上傳到 Youtube 去。

찢다 jjit da 撕破，撕開 動詞

종이를 찢어서 버렸어요.

jong i reul jjit jeo seo beo ryeo sseo yo

把紙撕了丟掉。

난 한국어 단어짱이다

我是韓語

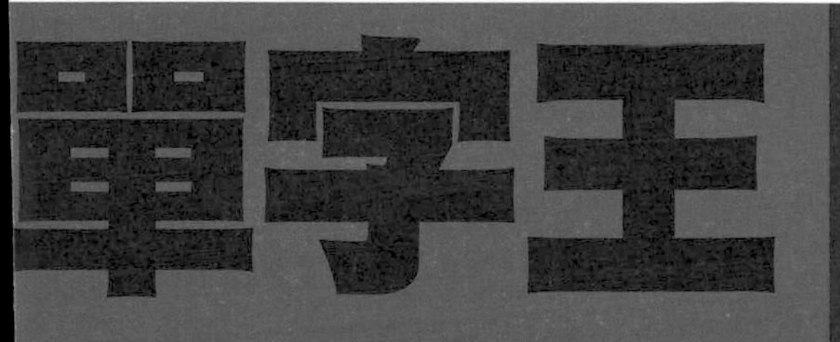

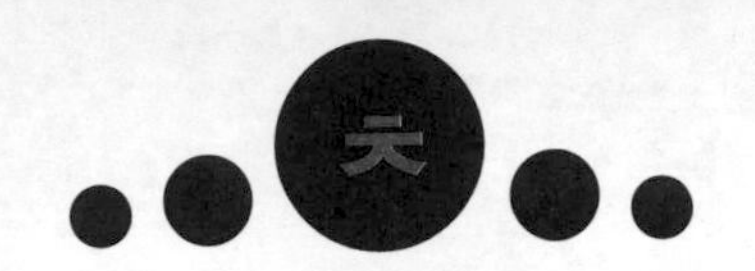

차다 cha da 充滿 動詞

계곡 물이 허리까지 찼어요.
gye gok mul ri heo ri kka ji cha sseo yo
溪谷的水滿到腰際。

새벽 공기가 너무 차요.
sae byeok gong gi ga neo mu cha yo
清晨空氣太冰涼了。

그는 손목에 시계를 찼어요.
geu neun son mok ge si gye reul cha sseo yo
他手腕上有戴錶。

차례 cha rye

順序，次序；輪到；按次 名詞

우리 차례가 되려면 아직 멀었어요.
u ri cha rye ga doe ryeo myeon a jik meol reo sseo yo
要輪到我們還很久。

차리다 cha ri da

準備，開設，端整，收拾，打扮，打起，振作 動詞

정신 차리세요.

jeong sin cha ri se yo

打起精神。

차이다 cha i da

被踢，被踹，被甩 動詞

그는 애인한테 차였어요.

geu neun ae in han te cha yeo sseo yo

他被情人給甩了。

참다 cham da 忍耐 動詞

참고 견디십시오.

cham go gyeon di sip si o

忍耐堅持吧。

찾다 chat da 找尋 動詞

엄마가 잃어버린 아이를 찾고 다녀요.

eom ma ga il reo beo rin a i reul chat go da nyeo yo

媽媽去找迷失的小孩。

처음 cheo eum 起初，第一次 名詞

이런 일은 처음이에요.

i reon il reun cheo eu mi e yo

這種事我還是第一次碰到(做)。

철 cheol 季節；事理；鐵 名詞

그는 아직 철이 없어요.

geu neun a jik cheol ri eop seo yo

他還不懂事。

치다 chi da

下，打，拍，參加(考試)，叫，喊，放，搭，算 動詞

공연이 끝나자 모두 일어나 박수를 쳤어요.

gong yeon i kkeut na ja mo du il reo na bak su reul chyeo sseo yo

表演一結束，所有有人都起立鼓掌。

치우다 chi u da 收拾，打掃 動詞

방 좀 치우세요.

bang jom chi u se yo

房間請打掃一下。

난 한국어 단어짱이다

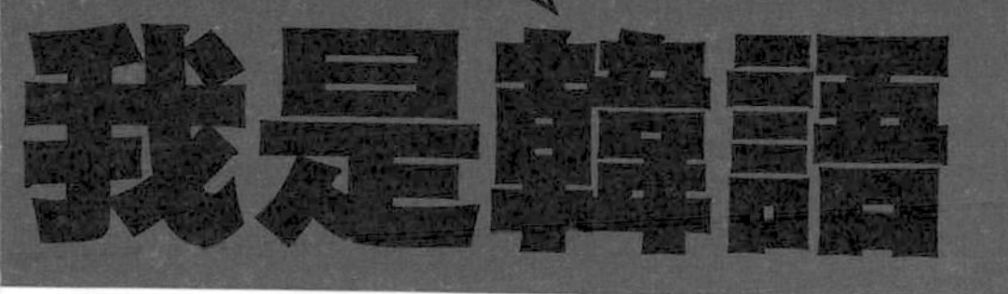

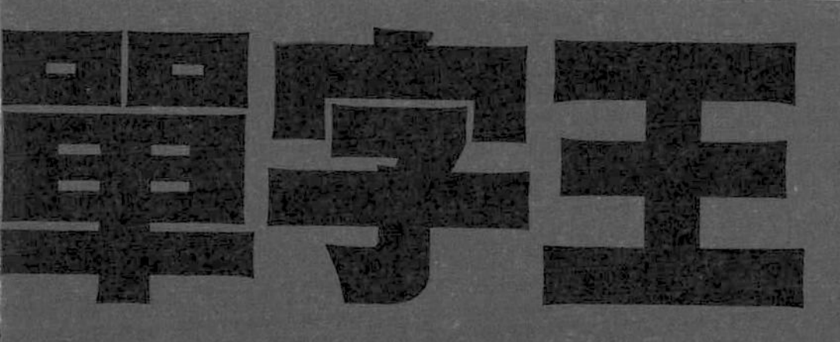

칼 kal 刀 名詞

칼로 과일깎아 먹었어요.

kal lo gwa il kka kka meo geo seo yo

用水果刀削水果來吃了。

캐다 kae da 開採，挖掘 動詞

그들은 나의 과거를 캐기 시작했다.

geu deu reun na ui gwa geo reul kae gi si ja kaet da

他們開始挖我的過去。

켜다 kyeo da 打開 動詞

에어컨를 켰어요.

e eo keon leul kyeo sseo yo

打開冷氣了。

코 ko 鼻子 名詞

코가 막혀서 냄새를 못 맡았어요.

ko ga mak hyeo seo naem sae reul mot ma ta sseo yo

我鼻塞，聞不到味道。

크다 keu da 大 形容詞

여기서 큰 인물이 나겠어요.

yeo gi seo keun in mul ri na ge sseo yo

這邊會有大人物出生。

키 ki 身高，個子 名詞

모델은 키가 아주 커요.

mo del reun ki ga a ju keo yo

模特兒身高很高。

키우다 ki u da 養育 動詞

그는 고양이를 키워요.

geu neun go yang i reul ki woe yo

他在養貓。

타다 ta da

燒，曬黑，枯乾；做，成；拿，領 動詞

고기가 다 탔어요.
go gi ga da ta sseo yo
肉都焦了。

비행기를 타고 호주로 갔어요.
bi haeng gi reul ta go ho ju ro ga sseo yo
搭飛機去了澳洲。

터지다 teo ji da 破裂，開綻 動詞

풍선이 터졌어요.
pung seon i teo jyeo seo yo.
氣球破了。

비밀이 터졌어요.
bi mi ri teo jyeo seo yo
洩漏秘密了。

턱 teok 下巴 名詞

턱에 수염이 났어요.

teok ge su yeo mi na sseo yo

下巴長出鬍子了。

오늘은 제가 한 턱 쏠게요.

o neul reun je ga han teok ssol ge yo

今天我請客。

털 teol 毛 名詞

털옷이 따뜻해요.

teol o si tta tteut tae yo

毛衣很溫暖。

털다 teol da 抖 動詞

옷에 묻은 먼지를 털어요.

o se mut deun meon ji reul teol reo yo

把衣服上沾的灰塵抖掉。

MP3 153

튀다 twi da 濺，飛，跳，彈 動詞

기름이 튀어서 튀김하기가 어려워요.

gi reum i twi eo seo twi gim ha gi ga eo ryeo woe yo

炸東西很難，因為油會濺起來。

튼튼하다 teun teun ha da

堅實，結實 動詞

기초가 튼튼해야 오래가요.

gi cho ga teun teun hae ya o rae ga yo

根基要堅實才會長久。

틀다 teul da 擰，扭 動詞

에어컨 좀 틀어요.

e eo keon jom teul reo yo

開一下冷氣。

몸을 풀게 허리도 좀 틀어 보세요.

mo meul pul ge heo ri do jom teul reo bo se yo

舒展身體，腰也轉一轉。

틀리다 teul li da

不對，錯誤 動詞，形容詞

벽시계가 틀려요.

byeok si gye ga teul lyeo yo

掛鐘時間錯了。

틈 teum 縫隙，間隙 名詞

바위 틈 사이로 꽃이 폈어요.

ba wi teum sa i ro kkot chi pyeo sseo yo

岩石縫當中開出了花。

파다 pa da 挖，刨，刻 動詞

개미가 땅속에 굴을 팠어요.

gae mi ga ttang sok ge gul reul pa sseo yo

螞蟻在地裡挖了洞。

파랗다 pa ra ta

藍茵茵，綠油油，蔚藍 形容詞

가을 하늘이 파랗고 맑아요.

ga eul ha neul ri pa ra ko mak ga yo

秋天的天空蔚藍透澈。

팔 pal 手臂，胳膊 名詞

그는 나에게 두 팔을 벌려 안았어요.

geu neun na e ge du pa reul beol lyeo a na seo yo

他張開雙臂擁抱我。

팔다 pal da 賣，銷售 動詞

시장에서 할머니가 떡을 팔아요.

si jang e seo hal meo ni ga tteok geul pal ra yo

奶奶在市場賣年糕。

펴다 pyeo da 展開，打開 動詞

손바닥을 펴 보세요.

son ba dak geul pyeo bo se yo

張開手看看。

풀다 pul da 解開，打開 動詞

엉킨 실을 풀었어요.

eong kin sil reul pul reo sseo yo

糾結的線解開了。

풀리다 pul li da 開，融，溶化 動詞

문제가 잘 풀려요.

mun je ga jal pul lyeo yo

問題解開了。

오해가 풀렸어요.

o hae ga pul lyeo seo yo

誤會解開了。

품 pum 胸，懷抱 名詞

아들이 학교를 졸업하고 부모 품을 떠났어요.

a deul ri hak gyo reul jol reop pa go bu mo pu meul tteo na sseo yo

兒子從學校畢了業離開父母的懷抱。

품다 pum da 懷抱，摟 動詞

희망을 품고 살아가요.

hui mang eul pum go sal ra ga yo

懷抱著希望生活。

피 pi 血 名詞

혈액 검사를 하느라 피를 뽑았어요.

hyeol aek geom sa reul ha neu ra pi reul ppop ba sseo yo

抽血檢查血液。

피다 pi da 開，綻放 動詞

이번 해에는 꽃이 빨리 피고 빨리 졌어요.

i beon hae e neun kkot chi ppal li pi go ppal li jyeo sseo yo

今年花開比較早，花謝也比較早。

피우다 pi u da

生，抽，吸，耍，玩，揚 動詞

산에서 모닥불을 피웠어요.

san e seo mo dak bul reul pi wo sseo yo

山中燃起了營火。

ㅍ

하나 ha na

一，一個，一樣，一致，一體 數詞

부부는 하나예요.

bu bu neun ha na ye yo

夫婦是一體。

하늘 ha neul 天，天空 名詞

하늘을 나는 독수리를 좀 보세요.

ha neul reul na neun dok su ri reul jom bo se yo

看看在天上飛的老鷹。

하다 ha da 做，戴，說，當 動詞

수험생이 밤늦게까지 공부를 해요.

su heom saeng i bam neut ge kka ji gong bu reul hae yo

應考生讀書到很晚。

하루 ha ru 一天，一日 名詞

오늘 하루도 행복하세요.

o neul ha ru do haeng bok ha se yo

今天也要幸福喔。

하얗다 ha ya ta 白，雪白 形容詞

크리스마스에 하얀 눈이 내려요.

keu ri seu ma seu e ha yan nun i nae ryeo yo

聖誕節時下了白雪。

할머니 hal meo ni 奶奶，祖母 名詞

할머니는 안경을 쓰고 책을 읽고 있어요.

hal meo ni neun an gyeong eul sseu go chaek geul ik go i sseo yo

奶奶戴著眼鏡在讀書。

할아버지 hal ra beo ji

爺爺，祖父 名詞

할아버지가 지팡이를 짚고 있어요.

hal ra beo ji ga ji pang i reul jip go i sseo yo

爺爺拄著拐杖。

핥다 hal da 舔，舐 動詞

강아지가 내 손을 핥아요.

gang a ji ga nae so neul hal ta yo

小狗舔我的手。

해 hae 太陽 名詞

동쪽에서 떠오르는 해를 바라보았어요.

dong jjok ge seo tteo o reu neun hae reul ba ra bo a sseo yo

看著東邊升起的太陽。

한 해를 또 보냈어요.

han hae reul tto bo nae sseo yo

一年又過去了。

허리 heo ri 腰 名詞

그는 개미처럼 허리가 가늘어요.

geu neun gae mi cheo reom heo ri ga ga neul reo yo

他的腰跟螞蟻一樣細。

헤매다 he mae da

流浪，徘徊 動詞

길을 못 찾아서 동네 골목을 다 헤맸어요.

gil reul mot chat ja seo dong ne gol mok geul da he mae sseo yo

找不到路，徘徊過村子的每個巷子。

헤어지다 he eo ji da

分手，分離 動詞

그는 5년 동안 사귄 애인과 헤어졌어요.

geu neun o nyeon dong an sa gwin ae in gwa he eo jyeo sseo yo

他跟交往五年的戀人分手了。

혀 hyeo 舌頭 名詞

개의 혀가 축 늘어져 있었다.

gae ui hyeo ga chuk neu reo jyeo i seot da

狗的舌頭伸出來。

형 hyeong 哥，兄(男生用語) 名詞

형이 동생보다 더 아버지를 닮았네요.

hyeong i dong saeng bo da deo a beo ji reul dam mat ne yo

哥哥比弟弟更像爸爸。

환하다 hwan ha da

明亮，光明 形容詞

그는 얼굴이 보름달처럼 환해요.

geu neun eol gul ri bo reum dal cheo reom hwan hae yo

他的臉像滿月一樣明亮。

훔치다 hum chi da

偷盜，偷竊 動詞

누가 카메라를 훔쳐갔어요.

nu ga ka me ra reul hum chyeo ga sseo yo

有人把相機偷走了。

흐르다 heu reu da 流，流淌 動詞

저도 모르게 자꾸 눈물이 흘러요.

jeo do mo reu ge ja kku nun mul ri heul leo yo

我也不自覺地流下眼淚。

흔들다 heun deul da

搖動，搖晃 動詞

손을 흔들며 배웅해 주었어요.

so neul heun deul myeo bae ung hae ju eo sseo yo

揮動著手送別。

흘리다 heul li da 揮，流 動詞

햇볕이 뜨거워서 땀이 계속 흘러내려요.

haet byeot chi tteu geo woe seo tta mi gye sok heul leo nae ryeo yo

陽光很熱，汗不斷流下。

흙 heuk 土，土壤，泥土 名詞

좋은 흙으로 좋은 도자기를 만들어요.
jo eun heuk geu ro jo eun do ja gi reul man deul reo yo
用好的土做成好的陶器。

흩어지다 heut teo ji da

解散，散開 動詞

모임이 끝나자 사람들이 흩어졌어요.
mo im i kkeut na ja sa ram deul ri heut teo jyeo sseo yo
聚會一結束，人們都散開了。

힘 him 力氣，體力 名詞

끝까지 힘을 내세요.
kkeut kka ji hi meul nae se yo
到底為止請繼續加油。

我是韓語單字王

王愛寶

王薇婷

林家維

Parrot 語言鳥

出版社
22103 新北市汐止區大同路三段188號9樓之1
TEL (02) 8647-3663
FAX (02) 8647-3660

法律顧問 方圓法律事務所 涂成樞律師

總經銷：永續圖書有限公司
永續圖書線上購物網
www.foreverbooks.com.tw

CVS代理 美璟文化有限公司
TEL (02) 2723-9968
FAX (02) 2723-9668
出版日 2014年07月

國家圖書館出版品預行編目資料

我是韓語單字王 / 王愛寶著. -- 初版.
-- 新北市 : 語言鳥文化, 民103.07
面 ; 公分. -- (韓語館 ; 16)
ISBN 978-986-90032-5-4(平裝附光碟片)
1.韓語 2.詞彙
803.22 103000453

语言鳥 Parrot 讀者回函卡

我是韓語單字王

感謝您對這本書的支持，請務必留下您的基本資料及常用的電子信箱，以傳真、掃描或使用我們準備的免郵回函寄回。我們每月將抽出一百名回函讀者寄出精美禮物，並享有生日當月購書優惠價，語言鳥文化再一次感謝您的支持與愛護！

想知道更多更即時的消息，歡迎加入"永續圖書粉絲團"

傳真電話：（02）8647-3660

電子信箱：yungjiuh@ms45.hinet.net

基本資料

姓名：＿＿＿＿＿＿ ○先生 ○小姐 電話：＿＿＿＿＿＿

E-mail：＿＿＿＿＿＿

地址：＿＿＿＿＿＿

購買此書的縣市及地點：＿＿＿＿＿＿

□連鎖書店 □一般書局 □量販店 □超商

□書展 □郵購 □網路訂購 □其他＿＿＿＿

您對於本書的意見

內容	：	□滿意	□尚可	□待改進
編排	：	□滿意	□尚可	□待改進
文字閱讀	：	□滿意	□尚可	□待改進
封面設計	：	□滿意	□尚可	□待改進
印刷品質	：	□滿意	□尚可	□待改進

您對於敝公司的建議

＿＿＿＿＿＿

＿＿＿＿＿＿

＿＿＿＿＿＿

免郵廣告回信

221-03

基隆郵局登記證

基隆廣字第000153號

新北市汐止區大同路三段188號9樓之1

語言鳥文化事業有限公司

編輯部　收

請沿此虛線對折免貼郵票，以膠帶黏貼後寄回，謝謝！

語言鳥 Parrot
語言是通往世界的橋梁

語言鳥
Parrot
語言是通往世界的橋梁